Hartmut Jaeger/Joachim Pletsch (Hrsg.)

IN DEN HÄNDEN DER TALIBAN

Shelter Now-Helfer erleben das Wunder
ihrer Befreiung aus afghanischen Gefängnissen.

HARTMUT JAEGER/JOACHIM PLETSCH (HRSG.)

IN DEN HÄNDEN DER TALIBAN

Eine Dokumentation erschütternder Zeugnisse und Hintergrundinformationen

CHRISTLICHE VERLAGS-GESELLSCHAFT DILLENBURG

idea
Evangelische Nachrichtenagentur

idea-Dokumentation 1/2002

BILDNACHWEIS:

U1: Deutsche Presse-Agentur (dpa)
U4, S. 14: Associated Press (ap)
S. 3, 9, 13: Reuters
S. 11, 21 (Karte), 29, 38, 65, 62, 75: typtop
S. 21 (Soldatengruppe), 25: visipix
S. 27, 36: Internet
S. 34, 57 (G. Taubmann), 69, 71, 73: SHELTER NOW
S. 40: Julius Schnorr v. Carolsfeld
S. 77, 78, 79, 80: Pfarrer Paul-Schneider-Gesellschaft im Evangelischen Gemeindezentrum „Paul Schneider", Moskauer Str. 1A, 99427 Weimar, www.paul-schneider-gesellschaft.de
S. 78 (Gedenkstätte): Gedenkstätte Buchenwald
S. 84-88: Privat
S. 90: New Tribes Mission (NTM)

IMPRESSUM:

idea-Dokumentation 1/2002
Jaeger Hartmut/Pletsch Joachim (Hrsg.):
In den Händen der Taliban
SHELTER NOW-Helfer erleben das Wunder ihrer Befreiung aus afghanischen Gefängnissen.

ISBN 3-89436-331-2

Koproduktion:	Christliche Verlagsgesellschaft, Dillenburg
	idea e.V. – Evangelische Nachrichtenagentur, Wetzlar
Satz&Gestaltung:	typtop – Andreas Fett, Meinerzhagen
Cover:	Kai-Alexander Sommerfeld, Merenberg
Druck:	Elsnerdruck, Berlin
	Printed in Germany

Inhalt

- Fortsetzung nächste Seite -

Anhang

Einführung

Das Schicksal der Anfang August 2001 verhafteten Mitarbeiter der Hilfsorganisation Shelter Now in Afghanistan hat weltweit politisches Aufsehen erregt insbesondere durch den Zusammenhang mit den Terroranschlägen in Amerika und dem daraus resultierenden Krieg gegen das islamistische Taliban-Regime in Afghanistan und die dort verschanzten Terrorgruppen der *El Kaida* Organisation Bin Ladens. Es hat aber auch dazu geführt, dass die Christen in der westlichen Welt neu aufmerksam wurden auf die verfolgte Gemeinde weltweit, für die die Shelter-Now-Mitarbeiter als Christen nur eines von vielen Beispielen ist.

Was zunächst als ein durch mehr oder weniger aufwendiges politisches Tauziehen lösbares Problem erschien, bekam schon nach kaum mehr als einem Monat durch die Terroranschläge und den Afghanistan-Krieg eine nicht vorhersehbare und unkalkulierbare Dramatik, weil das Schicksal der Inhaftierten plötzlich nicht mehr in den Händen derer lag, die sich um ihre Befreiung bemühten. Es musste das Schlimmste befürchtet werden, und das zwischenzeitliche „Schweigen“ der Diplomaten, Kirchen und Medien konnte man durchaus als Indiz dafür werten, dass man sich auf einen schmerzlichen, aber doch wohl unvermeidbaren Verlust einstellte. Dass dem nicht so wurde, kann mit Recht als „Wunder“ bezeichnet und auf das Einwirken Gottes, der die Gebete von Christen erhört hat, zurückgeführt werden.

Die folgende Dokumentation des etwa drei Monate währenden Dramas verfolgt dreierlei Ziele:

1. Sie soll Christen zum Dank motivieren, dass Gott eine wunderbare Rettung in solch auswegloser Situation herbeigeführt hat.

2. Sie soll Christen, die das Vorrecht haben, in Ruhe und Sicherheit zu leben, den Blick schenken für eine weltweit verfolgte Gemeinde Jesu und für die Notwendigkeit, dieser in ihrer Fürbitte verstärkt zu gedenken.

3. Sie soll Christen, die bisher in Ruhe und Sicherheit lebten, auf die realistische Möglichkeit vorbereiten, selber in Zukunft Verfolgung erdulden zu müssen.

Im Anhang findet der interessierte Leser vier zusätzliche aufschlussreiche Berichte über verfolgte Christen, deren Schicksal teilweise jedoch einen ganz anderen, menschlich gesprochen weniger guten Verlauf genommen hat. Das beugt einer einseitigen Euphorie vor, als könnten Christen automatisch mit einer Befreiung oder Rettung in jedem Fall rechnen. Blickt man in die Geschichte zurück, so ist insgesamt betrachtet eher das Gegenteil der Fall. Das wirft Fragen auf, beispielsweise ob denn auf unseren Gott wirklich immer Verlass ist. Daher ist es wichtig, auch deutlich zu machen, dass die Realität des Erduldens von Leid und selbst des Todes von Jesus gegenüber seinen Nachfolgern nicht verschwiegen, sondern sogar angekündigt worden ist. Dass darüber trotzdem keine Verzweiflung aufkommen muss, geht aber ebenso aus dem Zeugnis des Neuen Testaments hervor.

Wir wünschen jedem, der dieses Buch zur Hand nimmt und sich mutig einem in den Medien oftmals ausgeblendeten Bereiches der Realität stellt, dass er angesichts dessen, womit ein Christ u. U. in dieser Welt rechnen muss, neu den Blick auf den richtet, der über den Tod hinaus zu retten und ewiges Leben zu schenken vermag, gemäß dem Wort Jesu an seine Jünger im Evangelium nach Lukas:

> „*Wenn aber diese Dinge anfangen zu geschehen, so blickt auf und hebt eure Häupter empor, weil eure Erlösung naht*“ (Lukas 21,28).

Die Herausgeber

Das Drama beginnt ...

Am 6. August 2001 meldete die Deutsche Presse-Agentur nach Mitteilungen der diplomatischen Vertretung in Pakistan und des Auswärtigen Amtes in Berlin die Verhaftung von vier Deutschen in Kabul durch die radikal-islamischen Taliban in Afghanistan unter dem Vorwurf, für das Christentum missioniert zu haben. Außer den Deutschen wurden noch zwei US-Bürger, zwei Australier und 16 Afghanen inhaftiert, die alle für die Hilfsorganisation Shelter Now in Afghanistan arbeiteten. Vom Sprecher der Religionspolizei der Taliban wurden Untersuchungen und „eine Entscheidung entsprechend dem islamischen Recht“ angekündigt. Zu den Maßnahmen gegen die Hilfsorganisation gehörte auch die Schließung eines Hauses für Straßenkinder von Shelter Now mit 65 Kindern.

Sofort begannen von der pakistanischen Hauptstadt Islamabad aus die Bemühungen der deutschen Botschaft für eine Freilassung der Festgenommenen. Zu diesem Zeitpunkt sind die Ereignisse im September und eine Verschlechterung der politischen Situation noch nicht abzusehen. Trotzdem ist die Lage für die Verhafteten bedrohlich, weil man um den religiösen Extremismus der Taliban weiß. Unter ihrem Regime droht Missionaren und Moslems, die sich zum Christentum bekehren lassen, angeblich die Todesstrafe. Für weltweites Aufsehen hatte zu Jahresbeginn die Sprengung buddhistischer Statuen geführt, welche von den Taliban als gegen den islamischen Glauben gerichtet vernichtet wurden. Proteste weltweit gegen die Zerstörung dieser Kulturgüter waren auf keine Resonanz gestoßen.

Innerhalb der folgenden Tage wächst die Besorgnis der Diplomaten und Betroffenen. In den Medien wird täglich über den Stand der Entwicklung und der Bemühungen um die Freilassung der Verhafteten berichtet ...

Shelter Now

SHELTER NOW ist eine humanitäre Hilfsorganisation, die 1979 in den USA nach dem Einmarsch der Sowjetunion in Afghanistan gegründet wurde, um afghanische Flüchtlinge zu versorgen. 1990 wurden ihre Einrichtungen in Pakistan von radikalen Moslems zerstört. Daraufhin zog sich die amerikanische Organisation zurück.

Die Arbeit in Afghanistan wurde nun von einem neu gegründeten deutschen Zweig (SHELTER GERMANY E. V.) wieder aufgebaut, deren Sitz in Braunschweig ist.

Die Organisation, die von den USA völlig unabhängig ist, leistet anerkannte Hilfe. Sie versorgt Hungernde in Afghanistan mit Nahrungsmitteln. Im vergangenen Jahr setzte sie u. a. 2000 zerstörte Brunnen wieder in Kraft.

idea-spektrum 31/32/2001 vom 8. August

Droht verhafteten Deutschen die Hinrichtung?

Im islamischen Afghanistan ist christliche Mission streng verboten – ein Hilfswerk in Not

Droht acht in Afghanistan von der Religionspolizei verhafteten Ausländern – darunter vier Deutschen – die Hinrichtung? Die in dem Land regierenden radikal-islamischen Taliban werfen ihnen vor, christliches Gedankengut verbreitet zu haben.

Christliche Mission ist in Afghanistan streng untersagt. Wer Muslime zum Übertritt zu einer anderen Religion veranlasst, dem droht die Todesstrafe. Muslime, die zum Christen-

Mit diesem Bild wurde die Weltöffentlichkeit getäuscht. Was hier von den Taliban als Beweismittel präsentiert wurde, haben die Shelter-Now-Mitarbeiter nie verbreitet.

tum übertreten, werden ebenfalls mit dem Tode bestraft. Bei den Anfang August inhaftierten Ausländern – darunter auch zwei US-Amerikaner und zwei Australier – handelt es sich um Mitarbeiter der Hilfsorganisation Shelter Now Deutschland – zu deutsch: „Obdach jetzt“. Außerdem wurden 16 einheimische Mitarbeiter verhaftet.

Das Büro der Organisation in der Hauptstadt Kabul wurde geschlossen. Dabei beschlagnahmte die Religionspolizei nach Angaben der amtlichen afghanischen Nachrichtenagentur *Bachtar* eine Bibel, zwei Computer und christliche Literatur in der Landessprache Dari *(siehe Abbildung auf der linken Seite)*.

Unter den Inhaftierten sollen der Direktor von Shelter Now in Afghanistan, **Georg Taubmann**, sowie die Mitarbeiterinnen **Margrit Stebner**, **Katy Jelinek** und **Silke Dürrkopf** sein. Der Shelter Now-Pressesprecher in Pakistan, Esteban Witzemann (Peshawar), schloss gegenüber idea aus, dass die Mitarbeiter in Afganistan missioniert haben: „Wir sind keine Missionsgesellschaft. Wir versuchen auch nicht, Muslime zum christlichen Glauben zu bekehren.“ Das Personal halte sich an die in Afghanistan geltenden Bestimmungen: „Unsere Mitarbeiter sind doch nicht lebensmüde.“

Shelter Now hilft Flüchtlingen und Straßenkindern, Shelter Now sei eine „rein humanitäre Organisation“, die unter anderem ein Straßenkinder-Projekt in Afghanistan unterhalte und bei der Wasserversorgung helfe. Außerdem verteile die Organisation Nahrungsmittel an afghanische Flüchtlinge in Pakistan. Experten schätzen, dass in Afghanistan mehr als 100 ausländische Fachkräfte arbeiten, die Christen sind. Insgesamt leisteten etwa 30 Missionswerke humanitäre Hilfe.

Ein evangelikaler Missionsexperte, der nicht genannt werden möchte, ist der Ansicht, dass die Inhaftierten in Gefahr seien, wenn die Taliban weiter konsequent ihren radikalen Kurs fortsetzen. Er hoffe allerdings, dass es lediglich zu einer Ausweisung der Betroffenen komme. Als noch gefährlicher schätzt er die Situation für die inhaftierten einheimischen Mitarbeiter ein. Die Taliban treten für einen islamischen Gottesstaat ein, der frei ist von allen westlichen Einflüssen.

Was bewegt Christen, anderen Menschen, die in Not sind, zu helfen?

Oft wird ihnen unterstellt, sie täten dies nur, um damit ihre missionarische Erfolgsbilanz zu verbessern. Vom Imperialismus des Christentums spricht man in diesem Zusammenhang. Tatsache ist, dass das Geben zum Wesen des Christsein gehört, unabhängig davon, ob Erfolgsaussichten auf Bekehrung besteht. *„Geben ist seliger als Nehmen"*, hat Jesus Christus selbst gesagt (vgl. Apg 20,35). Dieses Geben hat seinen Ursprung in der göttlichen Liebe, die schenkt, ohne auf eine Gegenleistung zu spekulieren.

Natürlich sind Christen auch Botschafter der besten Nachricht, die es in dieser Welt je gegeben hat. Dass Menschen aus der Sklaverei der Sünde, aus den Zwängen menschlicher Ideologien und von den Fesseln religöser Gesetzlichkeit befreit werden können. Dass durch Vergebung auf der Grundlage des stellvertretenden Opfers Jesu niemand fern von Gott bleiben muss, sondern mit ihm versöhnt werden kann. Dieses Evangelium wollen Christen selbstverständlich weitergeben. Aber niemals als Zwang oder verbunden mit einem Kreuzzug für Glauben und Gerechtigkeit, sondern als Angebot verbunden mit tätiger christlicher Nächstenliebe. Oft ist ein solches Handeln einziger Lichtstrahl in dunkelster Finsternis, z. B. in Ländern wie Afghanistan, wo durch Krieg und religiösen Fanatismus islamischer Prägung unzählige Menschen jahrzehntelang leiden mussten.

Was ist, wenn man plötzlich zum Spielball religiöser und politischer Kräfte wird?

Hört dann die Liebe auf? Ist es dann vorbei mit der Hilfe? Kehrt sich die Liebe dann womöglich in Hass um? Bei menschlicher Liebe mag das wohl so sein, denn sie hängt in der Regel davon ab, das gleiche Maß zu bekommen, was vorher gegeben wurde. Nicht so die göttliche Liebe!

Sie bleibt auch angesichts von Verfolgung und Hass aufrecht erhalten. Sie ist bereit zu vergeben. Sie vermag selbst die Feinde zu lieben. Für Christen, die von der Liebe Gottes erfüllt sind (Römer 5,5), gilt deshalb die Aufforderung, die Paulus an die Christen in Rom richtet:

> *„Segnet, die euch verfolgen; segnet, und flucht nicht! [...] Vergeltet niemand Böses mit Bösem; seid bedacht auf das, was ehrbar ist vor allen Menschen! [...]*
>
> *'Wenn nun deinen Feind hungert, so speise ihn; wenn ihn dürstet, so gib ihm zu trinken! Denn wenn du das tust, wirst du feurige Kohlen auf sein Haupt sammeln.'*
>
> *Lass dich nicht vom Bösen überwinden, sondern überwinde das Böse mit dem Guten!"* (Römer 12,14.17.20-21).

In Deutschland besteht plötzlich Aufklärungsbedarf: Wer sind die Taliban? Was geht dort vor in Afghanistan? Warum geraten Christen, die nur helfen wollen, ins Visier der „Gotteskrieger" islamischer Prägung? Das Talibanregime in Afghanistan ist mittlerweile Geschichte, aber islamischer Extremismus ist weltweit eine drohende Gefahr, die in vielen Schattierungen ähnliche Brisanz bekommen kann.

Die gefangenen vier Deutschen

(zusammengestellt von MARKUS MOCKLER)

Georg Taubmann kommt aus dem bayerischen Sulzbach und ist in der Jugendarbeit des CVJM groß geworden. Seit 1983 half er, die Arbeit von SHELTER NOW in Afghanistan und Pakistan aufzubauen. Nachdem radikale Moslems 1990 die Fabrik und die Werkstätten des Hilfswerkes zerstört hatten, übernahm er als Direktor den Wiederaufbau. Die Errichtung von Krankenhaus, Schule, Brunnen, Lehmhäusern, die Sanierung eines Waisenhauses, ein Bäckereiprojekt – das alles entwickelte sich unter seiner Federführung. Erst vor wenigen Monaten wechselte der 45-jährige – auf Einladung der Taliban! – von Pakistan nach Afghanistan. Nachdem er inhaftiert wurde, ist seine Frau mit den Söhnen Daniel und Benjamin aus Sicherheitsgründen nach Pakistan ausgereist.

Margrit Stebner war viele Jahre als Sekretärin im öffentlichen Dienst tätig und hat sich dann entschieden, ihren Beruf im christlichen Dienst einzusetzen. Zunächst als Sekretärin eines christlichen Autors, dann jahrelang im Büro einer freikirchlichen Gemeinde in Braunschweig. Während dieser Tätigkeit hat sie sich bereits ehrenamtlich bei SHELTER GERMANY engagiert. Vor knapp zwei Jahren reiste sie aus, arbeitete anfangs im SHELTER-Büro in Peshawar (Pakistan) mit und begann dort, die schwierige *Pashto*-Sprache zu erlernen. Die 43-jährige ledige Chefassistentin ist auch Fremdsprachenkorrespondentin und Bürokauffrau. Im Kabuler SHELTER-Büro war sie für die Korrespondenz, Finanzen sowie für die administrative Begleitung verschiedener Projekte zuständig.

Katrin Jelinek ist mit 29 Jahren die jüngste der vier inhaftierten Deutschen. Die gelernte Krankenschwester hat vor ihrer Ausreise nach Afghanistan im Jahr 2000 in England eine Zusatzausbildung für medizinische Hilfe in Entwicklungsländern absolviert. Sie hatte die Leitung der Arbeit mit Straßenkindern, die täglich eine warme Mahlzeit erhielten und mit Kleidung versorgt wurden. Außerdem bekamen sie grundlegende Informationen in Sachen Hygiene und medizinische Betreuung. Ein weiteres Projekt ist die Sanierung eines Waisenhauses, das die Taliban betreiben, das sich aber von der Bausubstanz und der Inneneinrichtung her in katastrophalem Zustand befand. Katrin Jelinek ist ledig.

Silke Dürrkopf ist vor über einem Jahr nach Kabul umgezogen, um in erster Linie Familie Taubmann zu unterstützen. Die 36-jährige ledige Gymnasiallehrerin hat die beiden Knaben unterrichtet, da es vor Ort keine angemessene Schulausbildung gibt. Vorher war sie als Pädagogin an einer Schule in Deutschland tätig. In Kabul assistierte sie außerdem beim Straßenkinder-Projekt von Shelter Now. Da ihr Schwerpunkt die Bildende Kunst ist, hat sie mit Papier und Farben zahlreiche Unternehmungen mit den Straßenkindern gemacht, von denen es in Kabul schätzungsweise 20.000 gibt. Die Kinder nahmen pro Tag rund eineinhalb Stunden lang an einem Gruppenprogramm teil, bedruckten Briefpapier, bastelten Papierblumen, übten sich in Handwerk.

Stichwort Taliban – ein grausames Regime

(idea-spektrum 33/2001 vom 15. August)

Die Taliban *(„Koranschüler")* sind Schüler traditioneller islamischer Schulen *(„Madrasa")*, die im paschtunischen Stammesgebiet in Pakistan und Afghanistan der Ausbildung islamischer Geistlicher dienen.

In der Madrasa hörten die Schüler von einer idealen islamischen Gesellschaft, wie sie der Prophet Mohammed vor 1400 Jahren geschaffen habe, und wollten diese nachleben. Die Taliban bekämpften die einst idealisierten Moslemkämpfer *(Mudschahedin)* des Krieges gegen die Sowjetunion wegen krimineller Aktivitäten und sexueller Ausschweifungen, die sie als Verrat an der islamischen Moral ansahen.

1996 eroberten die Taliban die afghanische Hauptstadt Kabul und beherrschen seit dem Sieg über verfeindete Mudschahedin-Banden den größten Teil des Landes.

Geistiges Oberhaupt ist Mullah Omar, der 1996 von 1000 Geistlichen in Kandahar zum „Beherrscher der Gläubigen" ausgerufen wurde. Nach Errichtung ihres Religionsregimes haben die Taliban fast alle Schulen und die Universität in Kabul geschlossen. Ihre Religionspolizei ahndet jeden Verstoß gegen die islamische Moral mit harten Strafen.

Wenn man Frauen steinigt und Kinder auspeitscht

Ehefrauen, die der Untreue bezichtigt werden, werden gesteinigt. Kinder, die mit unerlaubtem Spielzeug spielen, werden ausgepeitscht. Film, Fernsehen, Musik und Bilder sind verboten, aber auch jedwedes Spielzeug, das Mensch oder Tier zeigt. Frauen dürfen weder zur Arbeit noch zur Schule. Sie dürfen das Haus nur in einem Umhang völlig verhüllt verlassen, und zwar nur mit ihrem Ehemann oder einem männlichen Blutsverwandten. Von der Straße aus müssen einsehbare Fenster geschwärzt werden, um fremde Blicke ins Haus, wo sich Frauen bewegen, zu verhindern. Schon der Verdacht der Unkeuschheit reicht für ein Todesurteil an Frauen aus.

Im Frühjahr 2001 erregten die Taliban weltweit Empörung, als sie zum Weltkulturerbe gehörende Buddha-Statuen sprengen ließen, obwohl fast die gesamte Staatenwelt gegen das Vorhaben protestiert hatte.

Neben ziviler und militärischer Unterstützung aus Pakistan erhalten die Taliban vor allem Geld aus Saudi-Arabien. Zeitweilig soll sie einst auch der US-Geheimdienst CIA unterstützt haben, weil er sich eine Befriedung des Landes erhofft hatte.

Chronik des Taliban-Regimes

Anfang 1989 — Abzug der Sowjettruppen aus Afghanistan. Der letzte sowjetische Soldat verlässt das Land am 15.2. Afghanistan versinkt im Chaos zerstrittener Sieger. Omar gründet im benachbarten Pakistan die Taliban aus islamischen Religionsschülern. Die Gruppierung wird schnell zu einer Massenbewegung, die sich u.a. durch Geschlossenheit und Disziplin auszeichnet.

Nov. 1994 — Mehrere tausend Taliban-Kämpfer nehmen Kandahar ein und rücken auf Kabul vor.

1995 — Einnahme von Herat im Westen Afghanistans. Ein Eroberungsversuch Kabuls scheitert.

Sept. 1996	Vertreibung der Regierung in Kabul und Errichtung eines radikal islamischen Systems nach dem Recht der *Scharia*, in dem sämtliche weltl. Vergnügungen (Kino, Fernsehen, Sport, Musik...) verboten sind. Frauen müssen sich mit einer *Burka* vollständig verschleiern und dürfen keine Schule besuchen oder einem Beruf nachgehen. Sie dürfen nur mit männlicher Begleitung in der Öffentlichkeit auftreten.
August 1998	Einnahme der Stadt Mazar-i-Sharif im Norden Afghanistans, der letzten Hochburg der Opposition. Bombardierung von Zielen der *El-Kaida*-Organisation Osama Bin Ladens durch die USA nach Anschlägen auf US-Botschaften in Afrika.
2000	Die Nordallianz, die aus der vormaligen Regierung hervorgegangen ist, ist auf ein kleines Gebiet im Nordosten zurückgedrängt.
Anfang 2001	Sprengung der Buddha-Statuen von Bamijan.
August 2001	Festnahme der acht ausländischen Entwicklungshelfer unter dem Vorwurf christlicher Missionierung
11. Sept. 2001	**Die Terroranschläge auf Ziele in den USA**
7. Okt. 2001	Beginn der Angriffe auf Afghanistan durch US-amerikanische Streitkräfte
Dez. 2001	Zerstörung der Bergfestung *Tora Bora* im Osten als letzter Taliban-Bastion des Landes und Auflösung der Taliban-Bewegung in Afghanistan.

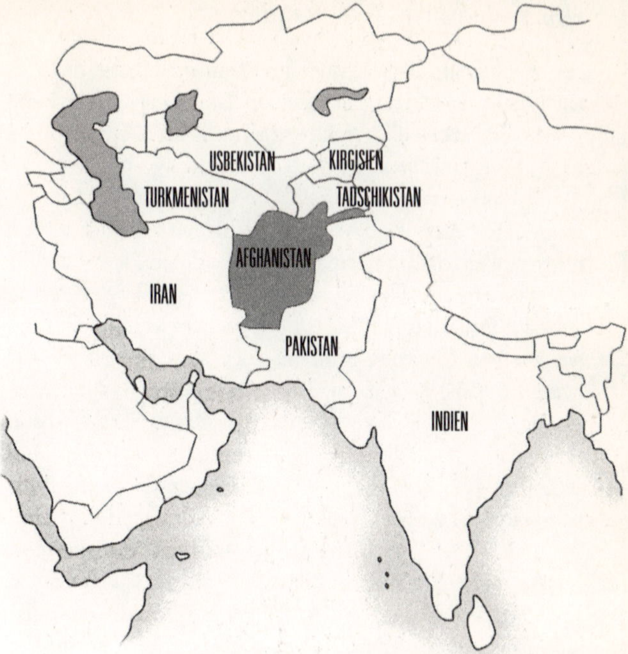

Landkarte von Afghanistan mit Städtenamen: siehe Seite 38

Eine gefährliche Gratwanderung

Die Weltöffentlichkeit richtet ihre Aufmerksamkeit plötzlich nach Afghanistan. Das unvorstellbare Leid dieses Landes gerät zunehmend in den Blick. Seit 1979 herrscht fast ununterbrochen Krieg in Afghanistan.

Immer neue Gruppen spielen sich als Befreier des Landes auf, bringen aber letztlich nur noch mehr Leid und Elend über die traumatisierte Bevölkerung. Die religiösen Gotteskrieger wecken zunächst Hoffnung. Sind sie endlich die Befreier, die dem Land den ersehnten Frieden bringen? Doch auch sie bringen nur neues Leid und entwickeln sich mehr und mehr zum Terrorregime extrem religiöser Prägung. Das stark gebeutelte Land gerät noch mehr in die Krise. Statt Aufbauarbeit zu leisten, konzentrieren sich die Taliban auf die Einrichtung eines religiösen Überwachungsstaates.

Hunger und Elend unter der Bevölkerung und Tausenden von Flüchtlingen sind die Folge. Grund genug für zahlreiche Hilfsorganisationen aus dem Ausland, sich in Afghanistan für das Schicksal der Menschen einzusetzen und Hilfe zu leisten, wo man nur kann. Eine gefährliche Gradwanderung, wie die Ereignisse im August gezeigt haben. Es ist nur ein kleiner Schritt, um vom Helfer zum Opfer zu werden.

In den Wochen nach der Verhaftung steigern sich die Bemühungen um die Freilassung der SHELTER NOW-Mitarbeiter. Doch es gibt nach anfänglichem Optimismus immer mehr Schwierigkeiten. Es zeichnet sich immer deutlicher ab, dass ein Schauprozess gegen die Mitarbeiter der Hilfsorganisation durchgeführt werden soll. Um jede Kleinigkeit muss intensiv und mit äußerster diplomatischer Sensibilität gerungen werden. So besteht nach drei Wochen immer noch kein Kontakt zu den Inhaftierten ...

idea-spektrum 34/2001 vom 22. August

Noch kein Kontakt zu den Inhaftierten

Die Afghanen wissen, wer Gewehre hat und wer ihnen Brot bringt

Trotz internationaler Bemühungen um eine Freilassung der Mitarbeiter des deutschen Hilfswerkes Shelter Now in Afghanistan gibt es keine Anzeichen für ein Einlenken der Taliban, einer extrem islamischen Bewegung, die 95 % des Landes beherrscht.

Die Visa der drei Diplomaten aus Deutschland, USA und Australien liefen am Dienstag aus und wurden nicht verlängert. Bereits vor dem Ablauf der Visa hatten die Taliban die Diplomaten aufgefordert, die weiteren Ermittlungen vom benachbarten Pakistan aus abzuwarten. Ein Besuch bei den acht ausländischen Gefangenen wurde ihnen verwehrt. Das Taliban-Regime hatte am Wochenende mit einer Militärparade der Weltöffentlichkeit seine Macht demonstriert und angekündigt, auch andere Hilfsorganisationen in Afghanistan zu untersuchen. Die Taliban werfen den acht Ausländern und 16 ebenfalls festgenommenen einheimischen Shelter-Mitarbeitern christliche Missionierung vor. Zumindest den einheimischen Gefangenen droht die Todesstrafe. Die vier Deutschen – Projektleiter **Georg Taubmann**, die Lehrerin **Silke Dürrkopf** sowie die Krankenschwester **Katy Jelinek** und die Sekretärin **Margrit Stebner** –, zwei US-Amerikaner und zwei Australier sind bisher ohne Kontakt nach außen. Der württembergische Landesbischof Gerhard Maier äußerte in Stuttgart die Befürchtung, dass andere islamistische Regierungen das Beispiel nachahmen könnten. Maier: *„Ich bin besorgt, dass christliche Hilfe in solchen Ländern künftig nur deshalb abgelehnt wird, weil sie von Christen kommt.“* Er forderte einen Rechtsschutz, der internationalen Maßstäben genüge.

Sollen ausländische Hilfswerke bleiben?

Trotz der weiteren Zuspitzung der Lage in Afghanistan sollten die ausländischen Hilfswerke nach Auffassung des Vorsitzenden der Arbeitsgemeinschaft Evangelikaler Missionen (AEM), Fritz Schuler (Mosbach bei Heidelberg), im Land bleiben. Wenn die Hilfswerke abzögen, würde die leidende Bevölkerung im Stich gelassen. Die Einheimischen achteten die ausländischen Helfer: „Sie wissen, wer die Maschinengewehre in Händen hält und wer ihr Brot und Medikamente bringt.“ Die Werke müßten aber letztlich selbst entscheiden, ob sie ihre Mitarbeiter in Afghanistan belassen oder abziehen. Dies hänge auch davon ab, wie stark sich die Lage zuspitze.

Die im Juli vergangenen Jahres in Kabul inhaftierte US-Amerikanerin Mary Macmakin (Peshawar/Pakistan) berichtete von schlimmen Haftbedingungen: „Es gab nicht ein einziges Möbelstück. Zum Schlafen mussten wir uns auf Bastmatten auf den harten Boden legen.“ Das Essen habe aus ungesalzenem Reis und wäßrigen Bohnen bestanden. Am schlimmsten sei die vollkommene Isolation gewesen.

Die Taliban hatten der Amerikanerin und ihrer Hilfsorganisation Spionage und antiafghanische Propaganda vorgeworfen. Sie wurde schließlich ohne Gerichtsverfahren aus dem Land gewiesen.

Hunderte Kinder vor Hungertod bewahrt

Shelter Deutschland bestreitet den Vorwurf der Missionierung. Die ehemalige Shelter-Mitarbeiterin Susanne Kizilgöz äußerte den Eindruck, dass den Helfern ihr Christsein zum Vorwurf gemacht wird. Sie verwies gegenüber der „Welt am Sonntag“ darauf, dass Mitarbeiter dieser Organisation Hunderte von afghanischen Kindern vor dem Verhungern gerettet hätten.

„Ich bin besorgt, dass christliche Hilfe in solchen Ländern künftig nur deshalb abgelehnt wird, weil sie von Christen kommt.“

Landesbischof
Gerhard Maier
(Stuttgart)

Verschwägerte Schwerverbrecher

Am 11. September erschüttern die Terrorangriffe in New York die gesamte Welt. Die sofort danach einsetzenden Aufklärungsversuche über die Drahtzieher dieser schrecklichen Taten bringen schon bald eine Fülle von Details ans Tageslicht. Mehr und mehr kristallisieren sich Afghanistan und die dort anwesenden Ausbildungslager von Terroristenführer Osama Bin Laden mit einer Streitmacht von mehreren tausend Mann sogenannter ausländischer Afghanen, hauptsächlich aus islamischen Ländern, heraus.

Diese schon seit den Kämpfen gegen sowjetische Truppen dort eingeigelten Kampfverbände werden vom Taliban-Regime nicht nur geduldet, sondern stehen mit diesem nach deren Machtübernahme zunehmend in enger Verbundenheit. Die Führer der beiden Bewegungen, Osama Bin Laden und Mullah Omar sind sogar miteinander verschwägert. Osama Bin Laden, der mutmaßliche Drahtzieher der Terroranschläge und Führer der weltweiten Terror-Organisation *El Kaida*, wie sich im Zuge der Ermittlungen herausstellt, kann sich in Afghanistan frei bewegen. Er besitzt Häuser und Wohnungen in verschiedenen Städten des Landes und hat zahlreiche sichere Verstecke in seinen Ausbildungslagern und Verteidigungseinrichtungen in den Bergregionen. Am umfangreichsten ausgebaut ist die Bergfestung *Tora Bora* im Osten von Kabul nahe der pakistanischen Grenze.

Weltweit wirbt nun die USA für eine Staatengemeinschaft gegen den Terror in der Welt.

Europa schließt sich an, aber auch in der islamischen Welt stellen sich fast sämtliche Regierungen auf die Seite der attackierten Weltmacht. Die Vorbereitungen für einen Krieg beginnen. Schauplatz: Afghanistan. Ziel: Vernichtung der Terrororganisation *El Kaida* und Verhaftung oder Tötung der Drahtzieher der Terroranschläge, allen voran Osama Bin Laden.

Aber auch die Beseitigung des Taliban-Regimes, das die Terrororganisation unterstützt, ist im Visier der Amerikaner.

Doch was bedeutet dies für die inhaftierten Mitarbeiter der Hilfsorganisation? Jeder ist sich darüber im Klaren, dass ein Krieg die Lage der Betroffenen dramatisch verschlechtert. Ja, folgende Überlegungen liegen jetzt sogar nahe: Ist die ganze Aktion gegen die Hilfsorganisation auf dem Hintergrund der Erkenntnisse nicht vorausschauendes Kalkül eines Regimes, das auf die Ereignisse im September möglicherweise schon vorbereit war? Ist es Zufall, dass die Inhaftierten jetzt zum willkommenen Faustpfand und Druckmittel gegen den Westen werden, der sich anschickt gegen das Taliban-Regime zu Felde zu ziehen? Ist es möglicherweise „vorbeugend“ zu diesen Verhaftungen gekommen? Tatsächlich wird dann auch später der Versuch gemacht, die Inhaftierten als Geiseln zunächst gegen die Androhung des Krieges und später im Kriegsgeschehen als Druckmittel gegen Amerika einzusetzen.

Die Hoffnung auf Befreiung, ja auf ein Überleben der Geiseln schwindet angesichts dieser Entwicklung zunehmend ...

Chronik des Afghanistan-Krieges

(September bis Dezember 2001)

Die Nachrichtenagentur AFP zeichnet die Ereignisse des Krieges in Afghanistan bis etwa Mitte Dezember 2001 nach:

11. Septemb.	Zwei entführte US-Passagiermaschinen rasen in das New Yorker World Trade Center, die kurz darauf zusammenbrechen, ein weiteres fliegt in das Verteidigungsministerium in Washington. Eine vierte Maschine stürzt in Pennsylvania ab. Insgesamt sterben etwa 3300 Menschen.
7. Oktober	Die USA beginnen mit ihren Angriffen auf Afghanistan.
20. Oktober	Erstmals sind US-Bodentruppen in Afghanistan im Kampfeinsatz.
26. Oktober	Die Taliban-Miliz nimmt den mit Washington verbündeten Oppositionsführer *Abdul Hak* gefangen und richtet ihn hin.
31. Oktober	Erstmals setzen die USA B-52-Langstreckenbomber ein.
9. November	Die Nordallianz nimmt die strategisch wichtige Stadt *Masar-i-Scharif* im Norden Afghanistans ein.
12. Novemb.	Trotz internationaler Bedenken marschieren die bisherigen Oppositionstruppen in die Hauptstadt Kabul ein. Bereits einen Tag später nehmen sie *Herat* im Westen ein.

16. Novemb. Der *El-Kaida*-Mitgründer und -Militärchef Mohammed Atef wird bei einem US-Angriff getötet.

24. Novemb. Die Taliban geben *Kundus* im Nordosten des Landes auf.

27. Novemb. Beginn der Afghanistan-Konferenz auf dem Petersberg bei Bonn.

5. Dezember Die Delegierten bei der Afghanistan-Konferenz einigen sich auf eine Übergangsregierung, deren Vorsitz der Paschtune *Hamid Karsai* übernehmen soll.

6. Dezember Die Taliban stimmen der Aufgabe ihrer letzten Hochburg *Kandahar* im Süden zu und geben einen Tag später auch zwei weitere Provinzen auf.

11. Dezember *El-Kaida*- und Taliban-Kämpfer verschanzen sich in der Bergfestung *Tora Bora* im Osten des Landes. Nach tagelangen Bombardements der Amerikaner und Attacken der Nordallianz lösen sich die Verbände auf. Die letzte Bastion der Gotteskrieger und der Terrorstreitmacht Osama Bin Ladens ist gefallen. Mullah Omar, das geistige Oberhaupt der Taliban, und Osama Bin Laden sind noch flüchtig.

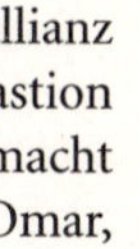

idea-spektrum 40/2001 vom 3. Oktober

Was wird aus den Christen in Kabul?

Der Prozess gegen die Shelter Now-Mitarbeiter zieht sich in die Länge

Der Prozess gegen die acht in Afghanistan inhaftierten ausländischen Mitarbeiter der Hilfsorganisation Shelter Now zieht sich in die Länge. Am 30. September wurde der Prozess wegen angeblicher christlicher Mission auf Mitte Oktober vertagt. Die vier Deutschen und je zwei Australier und US-Amerikaner wurden Anfang August verhaftet. Außerdem sind 16 Afghanen eingesperrt, weil sie den Shelter-Now-Mitarbeitern bei der Mission geholfen haben sollen. Nach islamischem Recht droht angeblich allen die Todesstrafe. Der Vorsitzende Richter des Obersten Taliban-Gerichts, Nur Mohammed Sakib, sicherte den Angeklagten einen fairen Prozess zu. Drohende Angriffe der USA auf Afghanistan wegen der Terroranschläge vom 11. September würden den Prozess nicht beeinflussen.

Als Beweis für den Missionsvorwurf veröffentlichte der Chefankläger, Mohammed Umer Hanif, eine Liste der angeblich im Shelter-Büro beschlagnahmten Gegenstände. Einige Kassetten und Schriften seien „mit dem Christentum verbunden“, so Hanif. Der Anführer der Taliban, Mullah Mohammed Omar, lehnte eine Verkürzung des Verfahrens und eine vorzeitige Abschiebung der Ausländer ab. Darum hatte eine pakistanische Delegation gebeten.

Ein Sprecher des Auswärtigen Amtes in Berlin erklärte, die Bundesregierung bemühe sich weiter um die Freilassung der Helfer. Helmut Landes von der Deutschen Botschaft in Pakistan äußerte die Befürchtung, dass die Taliban die Gefangenen als Faustpfand zur Vermeidung eines amerikanischen Angriffs einsetzen könnten. Ihr Aufenthaltsort sei nicht bekannt.

Wie viele Christen sind krank?

Nach Angaben des pakistanischen Verteidigers der Verhafteten, Atif Ali Khan, sind seine Mandanten bei guter Gesundheit und zuversichtlich. Andere Berichte besagen jedoch, dass eine der sechs Frauen krank sei. Am 29. September habe der Anwalt der Amerikanerin Dayna Curry Asthma-Medikamente gebracht. In einigen Agentur-Meldungen heißt es, dass es sich bei der Erkrankten um die Deutsche Silke Dürrkopf handele.

Gegenüber idea bestätigte der stellvertretende Vorsitzende von SHELTER NOW, Joachim Jäger (Braunschweig), dass Frau Dürrkopf an Durchfall leide. In der pakistanischen Hauptstadt Islamabad sagte Heather Mercers Mutter, ihre Tochter habe ihr am 25.11. geschrieben, Präsident George W. Bush zu bitten, keine Militärangriffe auszuführen, solange die Gefangenen noch in Afghanistan seien. Beobachter schließen nicht aus, dass Mercer auf Druck der Taliban schrieb.

Die ersten Bomben und ein Brief

Am 7. Oktober beginnen die Bombardierungen der Amerikaner in Afghanistan. Systematisch werden Ziele im ganzen Land attackiert. Die Angriffe konzentrieren auf militärische Ziele und strategisch wichtige Einrichtungen. Die Machtstrukturen des Taliban-

Regimes sollen erschüttert und die Organisation einer militärischen Verteidigung und Verstärkung unterbunden werden.

Gleichzeitig werden humanitäre Hilfsmaßnahmen eingeleitet, denn mit den Vorbereitungen der Kriegshandlungen hat der Flüchtingsstrom zu den Grenzen des Landes dramatisch zugenommen. Eine humanitäre Katastrophe droht, zumal der Wintereinbruch nicht mehr fern ist. Niemand kann zu diesem Zeitpunkt einschätzen, wie lange die Kämpfe dauern werden und ob die militärischen Aktionen überhaupt den gewünschten Erfolg haben.

Das Schicksal der inhaftierten SHELTER NOW Mitarbeiter tritt in den Hintergrund. Die Kontakte reißen vollständig ab. Das Interesse der Medien richtet sich auf das Kriegsgeschehen und auf die weltweiten fieberhaften Fahndungen nach weiteren sogenannten „Schläfern“, die mit neuen Terroraktionen aktiv werden könnten. Die zusätzlich entstehende Anschlagwelle mit dem Postversand von Milzbrand-Erregern gerät in die Schlagzeilen und zieht zeitweise die westlichen Medien in ihren Bann und versetzt viele in Angst. Nur kurzzeitig kommt es zu Spekulationen, ob vielleicht eine deutsche Spezialeinheit im Zuge der Kriegshandlungen die Geiseln in Kabul befreien könnte.

Sind die Christen in den Händen der Taliban nun von aller Welt verlassen? Bei vielen Beobachtern entsteht der Eindruck, dass die Geiseln nun vollständig abgeschrieben sind. Die Hoffnung auf ein Überleben ist nahezu auf den Nullpunkt gesunken. Nicht jedoch bei vielen Christen weltweit, die an die Macht des Gebets glauben und schon seit Beginn des Dramas nicht aufhören, für die Inhaftierten zu beten.

Der folgende Brief des christlichen Buchautors **Eberhard Mühlan** (Braunschweig) an seinen Freund Georg Taubmann und die Mitinhaftierten, formuliert Gedanken, die wohl auch andere Christen, die um das Schicksal der Betroffenen mitbangen, bewegen…

idea-spektrum 40/2001 vom 3. Oktober

Wir hören nicht auf zu beten

Lieber Georg,

jetzt ist das geschehen, womit du insgeheim schon seit langem gerechnet hast: Du sitzt in einer Gefängniszelle in Kabul – und das nur, weil du aus christlicher Nächstenliebe unzähligen notleidenden Familien in Afghanistan geholfen hast.

Schon im vergangenen Jahr, kurz vor meinem Besuch bei deinem Team im pakistanischen Peshawar, standest du aufgrund von Verleumdungen bereits auf der Liste der dort unerwünschten Personen. Erinnerst du dich, wie du mir in einer E-Mail schriebst, ich solle trotz aller Ungewissheit kommen, denn selbst wenn du im Gefängnis sein solltest, würdest du meine Nähe um so mehr brauchen?

Natürlich bin ich gekommen! Wir standen hoch in den Bergen an dem Grenzübergang nach Afghanistan. Voller Leidenschaft sagtest du, dass dein Herz dafür brenne, mit deiner Familie nach Kabul zu gehen, um dort den notleidenden Afghanen zu helfen. Wie sehr habe ich deinen Glaubensmut und deine Umsicht bewundert! Als wir die Straße vom Pass zurückfuhren, bekamst du per Handy die Nachricht eines hohen Beamten, dass einige hundert afghanische Flüchtlingsfamilien überraschend über die Grenze nach Pakistan geflohen seien und in der Wüste vor den Toren Peshawars lagerten – ohne Wasser und Verpflegung. Er fragte an, ob Shelter Now *etwas unternehmen könne. Sofort gingen deine Anweisungen an deine Mitarbeiter, und Lastwagen mit vollen Wassertanks, riesigen Kochtöpfen und Verpflegung setzten sich in Gang.*

Ich kann die dankbaren Gesten der Familienhäupter und die leuchtenden Kinderaugen einfach nicht mehr vergessen, als wir am nächsten Morgen zusammen dorthin fuhren. Du warst für sie zu einem Hoffnungsträger geworden!

Und jetzt vor dem Wintereinbruch hattest du mit deinem Team die Aufgabe übernommen, im Westen Afghanistans für mehr als 320000 Flüchtlinge die Nahrungsmittelverteilung zu koordinieren und 6000 Lehmhäuser zu bauen.

Doch man hat dich und deine Mitarbeiter verhaftet. Mir zerreisst es das Herz, wenn ich daran denke, wie viele Menschen in diesem Winter erfrieren und an Unterernährung sterben werden.

Lieber Georg, wie mag dir zumute sein, wenn du an deine Mitgefangenen denkst, an das zerplatzte Hilfsprojekt, an deine Frau Marianne und deine zwei Jungen? Du sollst wissen, dass wir nicht aufhören werden, für euch zu beten! Ich habe den Eindruck, für euch und für das Wohl Afghanistans wird zur Zeit weltweit so intensiv gebetet, wie dieses Land es wohl noch nicht erfahren hat. In unserer Gemeinde treffen sich fast jeden Tag Gruppen zum Fürbittegebet, und es ist eine 24-Stunden-Gebetskette eingerichtet worden. Manchmal weiß ich gar nicht mehr, wie ich beten soll. Einmal bestürme ich Gottes Thron, euch doch bitte jeden Schmerz zu ersparen und sofort zu befreien, ein anderes Mal bete ich nachdenklich „Vater, dein Wille geschehe!“ Folgendes Zitat hilft mir beim Beten: „Die wahren Gebetserhörungen sind nicht die, die unsere dringenden Anliegen sofort beantworten, sondern die, die Gott am meisten Ehre bringen!“ Ich weiß, dass du genau das willst! Darum bete ich jetzt vor allem, dass dich der Friede Gottes und die Gewissheit, von ihm getragen zu sein, niemals verlassen – was auch immer geschehen mag! Zur Zeit seid ihr wahrscheinlich die einzigen Christen, die vor Ort für die leidenden Afghanen Fürbitte tun können.

Ihr seid wahrhaftig ein starkes Licht inmitten von Finsternis! Und ich weiß von dir, lieber Georg, dass du das immer sein wolltest – ganz gleich, wie hoch der Preis sein wird!

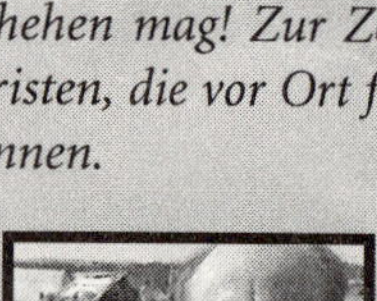

„Sie werden auch euch hassen..."

Wir dürfen uns nicht wundern, wenn eintrifft, was Jesus Christus vorhersagte:

> *„Wenn die Welt euch hasst, dann denkt daran, dass sie mich schon vor euch gehasst hat. Sie würde euch lieben, wenn ihr zu ihr gehören würdet, denn die Welt liebt ihresgleichen. Doch ihr gehört nicht zur Welt; ich habe euch aus der Welt heraus erwählt. Das ist der Grund, warum sie euch hasst. Denkt an das, was ich euch gesagt habe: Ein Diener ist nicht größer als sein Herr. Wenn sie mich verfolgt haben, werden sie auch euch verfolgen. Wenn sie sich nach meinem Wort gerichtet haben, werden sie sich auch nach eurem Wort richten. Doch alles, was sie gegen euch unternehmen, ist gegen meinen Namen gerichtet; denn sie kennen den nicht, der mich gesandt hat."*
> (Evangelium nach Johannes, Kap. 15, Vers 18-21).

Bei verschiedenen Anlässen hat Jesus Christus auf die Tatsache hingewiesen, dass seine Nachfolger Verfolgung erdulden müssen, selbst wenn sie Gutes im Sinn haben und in ihrer Umgebung zum Wohle ihrer Mitmenschen tätig sind.

Auch Paulus bestätigt dies in seinem zweiten Brief an den jungen Timotheus. Er ist selbst massiven Verfolgungen ausgesetzt gewesen und er bescheinigt seinem Mitarbeiter, dass dieser ihm in dieser Gesinnung gefolgt ist, Verfolgung und Leiden zu erdulden um des Evangeliums willen:

> *„Du hast dir meinen Glauben, meine Geduld, meine Liebe und meine Standhaftigkeit zum Vorbild genommen und hast dich auch nicht*

dadurch abhalten lassen, dass ich Verfolgungen und Leiden zu ertragen hatte ... Aber aus jeder Gefahr, in die ich geriet, hat der Herr mich gerettet. Im Übrigen sind Verfolgungen etwas, womit alle rechnen müssen, die zu Jesus Christus gehören und entschlossen sind, so zu leben, dass Gott geehrt wird" (2. Timotheus 3,10-12).

Haben wir Christen diese im Anfang des Christenstums bald tägliche Realität der Verfolgung aus unserem Wahrnehmungshorizont verdrängt? Können wir denen noch Trost geben, die solche Verfolgung erdulden müssen? Versinken wir selbst in Hoffnungslosigkeit oder können wir ihnen zurufen: *„Fürchtet euch nicht ..."*?

Der an den Aufruf des idea-Leiters anschließende Aufsatz von Prof. **Peter Beyerhaus**, der sich seit Jahrzehnten für verfolgte Christen weltweit einsetzt, bietet eine notwendige Orientierung von der Bibel her zur Frage der Christenverfolgung und des Martyriums.

Prof. Dr. theol. Peter Beyerhaus DD., wurde am 1.2.1929 als Pfarrerssohn in Hohenkränig, Mark Brandenburg, geboren. Er studierte Theologie in Berlin, Halle, Heidelberg, Bonn, Uppsala und Bethel. 1966-1997 Professor für Missionswissenschaft und Ökumenische Theologie an der Universität Tübingen, 1974/75 auch Dekan der Theologischen Fakultät. Seitdem zahlreiche Vortrags- und Vorlesungsreisen auf allen Kontinenten und zahllose deutsche, europäische und internationale Ehrenämter, so ab 1972 Präsident des von ihm 1969 mitbegründeten Theologischen Konventes der Konferenz Bekennender Gemeinschaften und ab 1978 Vorsitzender der Internationalen Konferenz Bekennender Gemeinschaften.

idea-spektrum 41/2001 vom 10. Oktober

HELMUT MATTHIES

FÜRCHTET EUCH NICHT VOR DENEN...

Wir dürfen uns nicht wundern, wenn eintrifft, was Jesus Christus vorhersagte

Mitten im Zentrum des Krieges sitzen jetzt die acht ausländischen Christen. Umgeben von Moslems, die Christen so sehr hassen, dass sie sogar die, die ihnen seit Jahren Gutes getan haben, mit dem Tod bedrohen. Wir wissen nicht, ob sie inzwischen im Gefängnis von Bomben getroffen, ob sie von den fanatischen Taliban erschossen wurden, ob überhaupt noch eine Chance besteht, dass sie aus dieser „Hölle" herauskommen.

Diese Christen erleben ganz konkret die Wahrheit dessen, was Christus für seine Jünger (und uns als deren Nachfolger) in seiner großen Rede an seine Mitarbeiter in Matthäus Kapitel 10 prophezeit hat:

> *„Ich sende euch wie Schafe mitten unter die Wölfe ... sie werden euch den Gerichten überantworten ... und fürchtet euch nicht vor denen, die den Leib töten, doch die Seele nicht töten können. Fürchtet euch aber vielmehr vor dem, der Leib und Seele verderben kann in der Hölle."*

Schlimmeres als den Tod

Es gibt also Schlimmeres als den irdischen Tod, nämlich Treulosigkeit gegenüber Gott. Es kann sein, dass diese Christen um ihres Glaubens willen, denn um nichts anderes sind sie nach Afghanistan gegangen, sterben müssen – wie Millionen Märtyrer vor ihnen.

Im freien, satten Westen ist es vielfach in Vergessenheit geraten, dass Leid zum Christsein oft dazugehört. Dabei war das 20. Jahrhundert das Jahrhundert der christlichen Märtyrer. Und jedes Jahr sterben weitere Zehntausende in islamischen, hinduistischen oder kommunistischen Staaten. Sie erleben das, was Christus als überhaupt nicht ungewöhnlich bezeichnet hat. Noch können aber Christen durch ihre Gebete Gott in den Ohren liegen, das Wunder geschehen zu lassen, dass die acht in Kabul freikommen.

Peter Beyerhaus

Die Bedeutung des Martyriums für den Aufbau des Leibes Christi

Unter allen großen Religionen ist es allein das Christentum, welches das Martyrium als einen Ausdruck seines Glaubens herausgestellt hat. Dieser Wesenszug ist so urtümlich, dass es nie eine christliche Generation gegeben hat, welche der dramatischen Chronik der Märtyrer nicht ihre eigene purpurfarbene Seite zugefügt und dadurch ihre persönliche Erkenntnis der wesentlichen Bedeutung des Leidens für das Leben der Kirche gewonnen hätte.

Von dem großen Kirchenvater **Augustinus** stammt das tiefe Wort: „*Von Abel an bis zum Ende dieser Weltzeit schreitet die pilgernde Kirche voran zwischen den Verfolgungen der Welt und den Tröstungen Gottes*“. Für Augustinus beginnt die Zeit der Kirche also schon mit den Söhnen unserer Stammeltern, und sie währt bis an das Ende der Geschichte dieser gefallenen Welt. Und von ihrem Ursprung bis zu ihrer Vollendung gehört es zentral zum Wesen der dem Herrn getreuen Gemeinde, eine von der Welt gehasste und verfolgte zu sein. Kirche kann nicht Kirche bleiben, wenn sie diese Berufung nicht annehmen will, sondern statt dessen aus Leidensscheu heraus versucht, sich mit der Welt friedlich zu arrangieren.

„Von Abel an bis jetzt..." Kupferstich vom ersten Märtyrertod

Wir Christen im freien Westen haben seit dem 2. Weltkrieg fünf Jahrzehnte erleben dürfen, in denen uns eine Verfolgung – wenigstens im äußeren Sinne – erspart geblieben ist. Wir haben uns so sehr daran gewöhnt, dass wir dies als völlig selbstverständlich betrachten und jeden Gedanken daran verdrängen, dass sich dieser Zustand einmal drastisch ändern könnte, vielleicht sogar schon bald. Wenn dieser Umschlag tatsächlich eintreten sollte, wären wir dann bereit, uns ohne Rücksicht auf die ernsten Folgen für uns und unsere Kinder weiterhin als eine dem Herrn Jesus Christus ganz ergebene Kirche zu bewähren? Würden wir nun auch Benachteiligungen bis hin zu Verhaftungen und noch Schmerzlicherem um Christi willen bereitwillig annehmen und ihm auf seinem Kreuzeswege nach Golgatha nachfolgen?

Um dafür vorbereitet zu sein, ist es nötig, dass wir uns erneut den geistlichen Sinn des Martyriums ins Bewusstsein rufen, und dazu soll der folgende Beitrag dienen, den ich unter *vier Leitsätze* stellen möchte:

1. Das Martyrium gehört von Anfang an zum Wesen der Kirche Christi

Als Jesus seine ersten Jünger in die Nachfolge gerufen hatte, ließ er sie zunächst Zeugen von Staunen erweckenden Ereignissen werden. Sie hörten seine wuchtigen Reichs-Gottes-Predigten, welche Tausende von Menschen von weit und breit anzog, die ihm gespannt lauschten. Sie sahen ihn große Zeichen und Wunder vollbringen, die sie begreifen ließen, dass hier kein gewöhnlicher Mensch unter ihnen weilte, sondern ein von Gott Gesandter und Bevollmächtigter. Ja sie erkannten schließlich, dass der von den Propheten verheißene Messias selber in ihrer Mitte weilte; der gekommen war, nun das verheißene Reich Gottes mit Macht aufzurichten. Doch dann erfolgt ein unerwarteter Umschlag: In dem Augenblick, als Simon Petrus unter der Eingabe des Heiligen Geistes Jesus als den Christus, den Sohn des lebendigen Gottes bekennt, bestätigt Jesus zwar den Inhalt dieses Bekenntnisses, nicht aber auch die von den Jüngern daran geknüpften hohen Erwartungen einer bald eintretenden großen Veränderung aller Verhältnisse in Geschichte und Natur. Viel mehr eröffnet er ihnen etwas, was sie zunächst nicht fassen können und wogegen sie sich aus tiefster Seele sträuben. Ja, derselbe Petrus ruft in Matthäus 16,22 entsetzt aus:

„Das sei ferne, Herr! Das soll dir nimmermehr widerfahren!"

Worin bestand diese schockierende Eröffnung, welche den Petrus jäh aus einem Bekenner in einen Strauchelnden, ja in einen Versucher, Satan, verwandelt, wie Jesus ihn darauf nennt? Hören wir Jesus selbst:

> *„Von da an begann Jesus seinen Jüngern zu zeigen, er müsse nach Jerusalem gehen und von den Ältesten und Hohenpriestern und Schrift-*

gelehrten vieles leiden und getötet werden, und am dritten Tage auferweckt werden.“

Jesus erklärt seine Jüngern also, dass sein gegenwärtiges Wirken nicht von einem imponierenden irdischen Erfolg gekrönt werden würde. Im Gegenteil müsse er zunächst sterben, bevor der schließliche Triumph – das Leben aus dem Tod – ausgerufen werden könne. Das aber werde nicht nur sein eigener Weg sein. Auch sie, seine Nachfolger, müssen sich auf das gleiche Los einstellen:

> *„Wenn jemand mit mir gehen will, verleugne er sich selbst und nehme sein Kreuz auf sich und folge mir nach! Denn wer sein Leben retten will, der wird es verlieren; wer aber sein Leben verliert um meinetwillen, der wird es finden.“*
> (Matthäus 16,24f)

Noch bei späteren Gelegenheiten musste Jesus diese harte Lektion mehrmals wiederholen, bevor seine Jünger diese schließlich begreifen und annehmen würden. Aus der Erzählung von den Emmaus-Jüngern erfahren wir, dass dies nicht vor seiner Auferstehung geschah. Aber wenn Jesus von diesem seinem Leiden und dem seiner Nachfolger sprach, stellte er das nicht als ein unbegreifliches Schicksal dar. Vielmehr deckt er ihnen auch den Grund dieses heilsgeschichtlich notwendigen Leidens auf:

> *„Wenn die Welt euch hasst, so erkennt, dass sie mich zuerst vor euch gehasst hat. Wenn ihr aus der Welt wäret, würde die Welt das Ihrige lieben, weil ihr aber nicht aus der Welt seid, sondern ich euch aus der Welt erwählt habe, deshalb hasst euch die Welt. Gedenkt an das Wort, das ich euch gesagt habe: Ein Knecht ist nicht*

größer als sein Herr. Haben sie mich verfolgt, so werden sie auch euch verfolgen; haben sie mein Wort gehalten, so werden sie auch das eure halten. Aber das alles werden sie euch antun um meines Namens willen; denn sie kennen den nicht, der mich gesandt hat." (Johannes 15, 18f)

Hinter dem Hass der Welt steht der Urhass des Fürsten dieser Welt (Joh 12,31; 14,30; 16,11), Satan, der sich gegen Gott aufgelehnt hat und diese gefallene Welt unter seine Herrschaft brachte. Ihm ist es aber beschieden, seine usurpierte Macht abgeben zu müssen an den, welchen Gott selber dazu bestimmt hat, die Welt von den dämonischen Fesseln zu erlösen und ihr wahrer Herr zu sein.

Der tödliche Hass Satans richtet sich also zunächst gegen Jesus Christus selber. Er bemüht sich, dessen Erlösungswerk zunichte zu machen. Da ihm dies aber nicht gelingen kann, wendet er sich mit um so größerer Wut gegen diejenigen, die noch in der Welt sind, um sie durch Verführung und Verfolgung von Jesus loszureißen und so die Ära seiner Herrschaft zu verlängern. Denn die Jünger sind ja von dem auferstandenen Herrn in diese Welt gesandt, um alle Völker unter seine Herrschaft zu bringen, indem sie den Menschen das Evangelium von seinem Versöhnungstod und seiner glorreichen Auferstehung verkündigen. Darum werden sie von nun an das unmittelbare Ziel der wütenden Gegenangriffe des Teufels und seiner menschlichen Werkzeuge.

Die Wahrheit dieser Aussage Jesu mussten die Jünger sehr bald an Seele und Leib erfahren. Die Apostelgeschichte erzählt uns schon auf ihren ersten Seiten von den Verfolgungen, die über die Jünger und die Urgemeinde um ihres unerschrockenen Christuszeugnisses willen hereinbrachen. Wir hören von Stephanus, dem ersten Märtyrer der apostolischen Kirche, dem dann die große, in blutroten Lettern geschriebene Chronik der Märtyrer durch die Zeiten hindurch folgte. Die Christen stellten sich auf dieses Geschick ein, und unter den ersten Instruktionen, welche die frühchristlichen Missionare ihren Konvertiten erteilten, gab es auch die Ermahnung *„dass wir durch viele Trübsale in das Reich Gottes gelangen müssen“* (Apostelgeschichte 14,22).

Paulus ermahnte die jungen Christen, keinen Anstoß an den Leiden zu nehmen, die er im Gefolge seines Wirkens zu erdulden hatte. In seinen Briefen finden wir verschiedene Aufzählungen seiner inneren und äußeren Bedrängnisse, die er durchzumachen hatte und die er als das ganz normale Geschick eines christlichen Streiters betrachtete, zugleich aber auch als die Bestätigung der Wahrheit seiner Botschaft, die er selbst unter Druck nicht verleugnen wollte.

Die Schriften des Neuen Testaments enthalten auch die Überzeugung, dass solche Verfolgungen in der Zukunft nicht etwa nach und nach abflauen, sondern im Gegenteil zunehmen würden. Je näher das Zeitalter der missionarischen Kirche zu seinem Abschluss kommen werde, je näher der Tag unserer Erlösung durch die glorreiche Wiederkunft Christi heranrücken würde, um so schärfer würden die Angriffe des dämonischen Widersachers werden mit dem Ziel, den Glauben der Christen zu erschüttern und ihre Loyalität gegenüber ihrem himmlischen Herrn zu erweichen. Sowohl in Jesu großer Ölbergpredigt über die Endzeit (Matthäus 24) als auch im Buch der Offenbarung erscheinen Verfolgungen als ein Wesensmerkmal der Endzeit. Sie sind der Ausdruck des abschließenden Kampfes zwischen den beiden einander gegenüberstehenden Reichen Christi und des Antichristen. In diesem werden zwar viele laue Christen verzweifelt abfallen; aber er wird mit Gewissheit seinen Ausgang in der siegreichen Rückkehr Christi, der Vernichtung des Antichristen und der Errichtung des Reiches Christi in Macht und Herrlichkeit finden.

Was Jesus seinen Jüngern vorhergesagt hatte, das sollten sie in vielen persönlichen und gemeinschaftlichen Verfolgungen erfahren. Unter dem grausamen Kaiser Nero verloren die beiden Hauptapostel – Petrus und Paulus – ihr Leben.

Jedesmal, wenn christliche Missionare in einen neuen Kulturbereich eintraten, um ihn für die Herrschaft Christi zu gewinnen, sahen die bisherigen religiösen und politischen Autoritäten ihre absolute Macht gefährdet. Deswegen wandten sie sich in Feindschaft gegen die ausländischen Botschafter und gegen deren einheimische Konvertiten. Es gibt keine einzige Volkskirche oder Generation, der solche Feuertaufe erspart geblieben wäre. Das ist in jedem Lehrbuch der Missionsgeschichte festgehalten. Viel zu wenig bekannt dagegen sind die Leidenserfahrungen zahlreicher Christen in der Gegenwart.

2. Das Martyrium der Kirche Christi hat in unserem Jahrhundert einen neuen Höhepunkt gefunden

Das 20. Jahrhundert ist das blutigste in der gesamten Geschichte der Christenheit gewesen. Niemals seit der Geburt Jesu Christi haben so viele Christenverfolgungen stattgefunden wie in unserer Gegenwart. Eine breite Blutspur führt durch Armenien und Äthiopien, Uganda, Nordkorea, Vietnam und viele andere totalitäre Staaten. Schon während der beiden ersten Jahrzehnte richteten sich schwerste Angriffe auf eine der ältesten christlichen Gemeinschaften, die armenische Kirche. Während der Weltkriegsjahre 1915-1918 wurden 1,5 Millionen Armenier niedergemetzelt, einer der schrecklichsten Völkermorde der Geschichte. In Deutschland ist dieser weitgehend verschwiegen worden, weil unser Volk damals mit der Türkei verbündet war.

Die Ursache dabei war der fanatisierte Nationalismus der Türkei, verbunden mit der Unduldsamkeit des Islam, in welcher sie die eigenständige Existenz einer andersgläubigen völkischen Minderheit nicht ertragen wollte. Verfolgungen sind in der Türkei auch in der Gegenwart wieder aufgeflammt. Sie richten sich sowohl gegen die dort noch ansässigen Armenier als auch gegen die Assyrer. Schlimmerweise ist kaum eine westliche Nation bereit, die Flüchtlinge als politisch Verfolgte aufzunehmen, nicht einmal ein so auf Menschenrechte bedachtes Land wie Schweden!

Deutschland erlebte während des „Dritten Reiches" ebenfalls eine Kirchenverfolgung. Sie ergriff zwar nicht die ganze Kirche, wohl aber diejenigen ihrer Wortführer die dem Anspruch der totalitären NS-Ideologie aus Glaubensgründen widersprachen. Exponierte Glieder der Bekennenden Kirche und auch der Katholischen Kirche wurden zeitweise inhaftiert, einige unter ihnen sogar hingerichtet, darunter der Märtyrer von Buchenwald, Pfarrer Paul Schneider aus Dickenschied (siehe Kurzbiographie am Ende des Buches).

Die umfangreichste und entschlossenste Verfolgung, die im 20. Jhdt. über die Christenheit erging, war die von den Machthabern der von der marxistisch-kommunistischen Ideologie bestimmten Staaten betriebene; in einigen Ländern wie Nordkorea und Rotchina hält sie noch immer an.

Die Geschichte christlichen Märtyrertums ist in der Tat eine erschütternde, und die Aussicht, dass das Ende antichristlicher Verfolgung noch nicht in Sicht ist, kann fürwahr erschrecken. Trotzdem kann sie biblisch begründete Christen nicht entmutigen; denn damit hätten wir ja nur die eine Seite der in dem Augustin-Wort geschilderten Wirklichkeit der pilgernden Kirche in den Blick genommen, nämlich die Seite der gottfeindlichen Welt. Um aber das Martyrium in seiner ganzen Bedeutung zu erkennen, müssen wir nun auch die andere Seite in den Blick bekommen und von den Tröstungen Gottes sprechen.

3. Das Martyrium kann großen Segen über die Kirche Christi bringen

Was ist die natürliche Reaktion eines Christen angesichts drohenden Leidens? Er wird sich fürchten und nach Fluchtmöglichkeiten umschauen. So war es ja schon bei Petrus. Denn das Leiden erscheint ja doch als das Gegenteil des uns geschenkten und von uns geliebten Lebens. Leiden ist Lebensminderung – Vorbote des Todes.

Nun ist aber Jesus nicht bei der Ansage seines Leiden- und Sterbenmüssens stehengeblieben. Er hat keineswegs von einer Tragik gesprochen, vor der es für ihn und die Seinen eben kein Ausweichen, und hinter der es keine Hoffnung gebe. Vielmehr hat er unmittelbar mit seiner Leidensankündigung auch schon den seinem Kreuzestod folgenden herrlichen Ausgang seiner irdischen Geschichte verbunden: *„...und am dritten Tag wird er auferstehen"*.

Das Leiden Christi ist der von Gott verordnete Durchgang zum wahren Leben und zur nimmer endenden Freude. Das gleiche gilt auch für die Kirche. Auch für sie ist Leiden und Tod um Jesu willen Durchgang zur Freude. Ja, diese Freude erwartet sie nicht erst, wenn das Leiden vorüber ist – nach dem Tode – sondern sie nimmt schon jetzt, inmitten des Leidens, ihren Anfang, auch wenn dies der Welt verborgen bleibt. Wir kennen ja den schönen Choral: *'In dir ist Freude in allem Leide...'*

Die „Tröstungen Gottes", von denen Augustinus spricht, werden ja als solche nicht nur erfahren auf dem dunklen Hintergrund gleichzeitigen Leidens. Gott ist in seiner väterlichen Barmherzigkeit den Seinen nirgends so nahe wie in dem Augenblick, wo sie in kindlichem Gehorsam das ihnen verordnete Leiden annehmen. Wie Eltern gerade dann das stärkste Bedürfnis empfinden, sich helfend, tröstend, teilnehmend in unmittelbarer Nähe bei ihren Kindern aufzuhalten, wenn diese Schmerzen erleiden, z.B. in Zeiten schwerer Krankheiten, so empfindet und handelt auch unser himmlischer Vater, so handelt auch unser erhöhter Herr an uns, seinen für ihn leidenden Brüdern und Schwestern. Denn das Leiden, das die Kirche für ihren Glauben ertragen muss, erwächst ihr ja aus ihrer unmittelbaren Verbundenheit mit Christus, dem Erlöser.

Das Neue Testament redet wiederholt vom Leiden der Christen, das in einem inneren Zusammenhang steht mit Christi eigenem Leiden. Von dieser geheimnisvollen Wahrheit wird in der evangelischen Kirche leider wenig gesprochen.

Über der grundlegenden Aussage unseres Glaubens, dass Christus ein für alle Male am Kreuze für uns stellvertretend gelitten hat, übersehen wir die Stellen, in denen uns gesagt wir, dass Jesu Leiden im Leiden seiner Jünger eine Fortsetzung finden, die ebenfalls segnende Bedeutung haben. Solche Aussagen finden wir besonders bei Paulus, für den das Leiden ein wichtiger Aspekt seiner Berufung war. *„Ich will ihm zeigen, wieviel er um meinetwillen leiden muss“*, sagt der erhöhte Herr zu Ananias, bevor dieser Paulus in die grundlegenden Zusammenhänge des Evangeliums einführen soll (Apostelgeschichte 9,16). Und in der Tat, Paulus hat später sein Leiden als ein Fortdauern des Leidens Christi in ihm zum Segen seiner Kirche und auch zur Rettung der Heiden verstanden. In Kolosser 1,24 lesen wir seinen geheimnisvollen Ausspruch:

> *„Nun freue ich mich in den Leiden, die ich für euch leide, und erstatte an meinem Fleisch, was noch mangelt an den Trübsalen Christi, seinem Leibe zugute, welcher ist die Kirche“*

Der Sinn dieser Aussage ist natürlich nicht der, dass Jesus am Kreuze nicht genug gesühnt, dass das Lamm von Golgatha nicht alle Schuld weggetragen hat! Der Sinn ist vielmehr der, dass gerade in dem Maße, wie der Christ bereit ist, sich der Todesmacht auszusetzen, die seinen alten Menschen zerstört und abbaut, er gleichzeitig die seinen neuen Menschen aufbauende Lebensmacht der Auferstehung erfährt. Sie teilt ihm schon in dieser Zeit neue, der Welt unbekannte Kräfte von oben mit, und dereinst soll er sie in der himmlischen Herrlichkeit in vollem Maße erfahren.

Von diesen im Leiden wirksamen, durch das Leiden herab gerufenen Lebens- und Segenskräften sagt nun Paulus, dass sie nicht nur dem einzelnen, gerade leidenden Christen zugute kommen. Nein, weil der Gläubige ja Glied am Leib Christi, der Kirche ist, kommen diese von Christus ausgehende Lebenskräfte dem ganzen übrigen Leib seiner Kirche zugute. Das gilt zunächst für die Ortsgemeinde, in der er lebt, aber zugleich auch für die ganze übrige Kirche Christi:

> *„Denn gleichwie wir des Leidens Christi viel haben, so werden wir auch reichlich getröstet durch Christus. Haben wir aber Trübsal, so geschieht es euch zu Trost und Heil“* (2. Korinther 1,5-6).

Von hier gesehen ist gerade das Leiden der Kirche eines der wesentlichen Mittel ihres gnadenhaften inneren Aufbaues und ihres äußeren Wachstums in der Welt. Deswegen haben die Apostel ihren angefochtenen Kirchen immer wieder zugerufen, sie sollten sich ihrer Leiden ja nicht schämen oder diese als etwas Unbilliges betrachten. Vielmehr sollten sie gerade diese Leiden als eine besondere, himmlische Auszeichnung erkennen; bringen diese doch in unmittelbaren Zusammenhang mit Christus dem Gekreuzigten und dem um seines Kreuzesgehorsams willen Erhöhten:

„Denn euch ist die Gnade gegeben um Christi willen beides zu tun: Dass ihr nicht allein an ihn glaubt, sondern auch um seinetwillen leidet“ (Philipper 1,29).

Das Geheimnis christlichen Leidens um des Glaubens willen ist also, dass es uns noch tiefer mit Jesus Christus vereint, der die Quelle unseres wahren Lebens ist. Seit den Tagen des Neuen Testaments bis in unsere Zeit haben Christen die Wahrheit erfahren, dass Christus den Seinen niemals so nahe ist wie in dem Augenblick, wo sie ihm durch ihre Bedrängnisse innerlich gleichgestaltet werden.

David Young, ein chinesischer Märtyrer unter Mao-Tse-Tung, schreibt aus seinem eigenen schmerzlichen Erlebnis heraus: *„Das Herz des Herrn ist so erfüllt von Erbarmen, dass die Leiden seiner Kinder ihm nicht gefallen können. Doch damit wir innerlich wachsen, zur geistlichen Reife gelangen und wahre Überwinder werden, hält er zuweilen die Befreiung zurück. Er gibt uns die Kraft zum Aushalten bis zuletzt, damit wir die Krone der Herrlichkeit erlangen. Er weiß um die Grenzen unserer Kraft und kennt die Kraft des Feuers, das uns verzehren will. Nicht einen Augenblick zu spät befreit er sein geliebtes Kind aus dem Feuerofen des Leidens. Der Glaube, der im Feuer bewährt ist, „ist kostbarer als geläutertes Gold“.*

Es ist der gekreuzigte und auferstandene Herr, mit dem Christen im Martyrium vereinigt werden; und wenn sie bereit sind, an seinem Sterben für uns Anteil zu nehmen, so erfahren sie auch die Kraft des himmlischen Lebens, das ihn von den Toten auferweckte. Der neue Mensch, der nach dem Bilde Gottes wiederhergestellt wird, wird in uns geistlich bei unserer Wiedergeburt geschaffen. Er bleibt zunächst verborgen und muss unter der Decke unserer alten Natur wachsen bis zu unserem Tode. Einst aber wird er offenbart werden am Tage unserer Auferstehung, wenn wir bei der herrlichen Erscheinung Jesu Christi auch sichtbar als Kinder Gottes dargestellt werden (1. Johannes 3,1-2). Dieser verborgene neue Mensch in uns wird gestärkt und zum Wachsen gebracht, gerade dann, wenn unsere seelisch-leibliche Natur in den Prozess der Trübsale hineingezogen wird (2. Korinther 4,16):

> *„Daher werden wir nicht mutlos, sondern, ob auch unser äußerer Mensch zerstört wird, so wird doch unser innerer von Tag zu Tag erneuert."*

Gerade im Augenblick unseres offenbaren Zusammenbruchs beginnt die neu schaffende Kraft der Auferstehung ihre eigentliche Wirkung in uns. Wir erfahren Christi Sieg über den Tod, und mitten in allen Bedrängnissen *„überwinden wir weit durch den, der uns geliebt hat"* (Römer 8,37). So erfolgt gerade im Leiden auch die Stärkung unserer christlichen Hoffnung (Römer 5,3-5).

Der Christ lernt sehr genau auf den Inhalt der biblischen Aussagen zu achten, die ihm als Leidendem eine wunderbare Zukunft in der himmlischen Herrlichkeit verheißen. Solche Aussagen finden sich in grosser Dichte gerade am Schluss der Sendschreiben der Johannes-Offenbarung an jene sieben kleinasiatische Kirchen, die Märtyrer-Kirchen gewesen sind. Der Kirche in Philadelpia wird Offenbarung 3,12 verheißen:

> *„Wer überwindet, den will ich machen zum Pfeiler meines Gottes, und er soll nicht mehr hinausgehen, und ich will auf ihn schreiben den Namen meines Gottes und den Namen des neuen Jerusalems … und meinen Namen, den neuen".*

In außerordentlichen Fällen konnte und kann es vorkommen, dass der erhöhte Herr den Märtyrer im Augenblick seines Sterbens den Inhalt seiner Hoffnung visionär schauen lässt. So wird nicht nur von Stephanus, sondern von mehreren Blutzeugen der Alten Kirche berichtet, dass sie im Tode den erhöhten Herrn sahen, der sie zu seiner himmlischen Herrlichkeit berief. Obwohl solche Visionen außerordentliche Gnaden sind, dürfen wir es als gegeben glauben, dass Christus den Seinen in ihrem Leiden besonders spürbar nahe ist. Er lässt ihnen ein Maß bewahrender Gnade zuteil werden, das alle Segnungen übertrifft, die wir unter normalen Bedingungen empfangen.

Jesus beruft seine Apostel dazu, seine Zeugen zu sein (Apostelgeschichte 1,8). Sie sollen sein Evangelium nicht nur als ein System von Lehren und moralischen Richtlinien predigen, sondern als göttliche Wirklichkeiten verkündigen. Sie haben die verwandelnde Kraft des stellvertretenden Todes Christi und seiner Auferstehung in ihrem eigenen Leben erfahren. Schon die Freimütigkeit, in der die einfachen Männer es wagten, vor den feindlichen jüdischen Machthabern aufzutreten, machte einen Eindruck, der die Anziehungskraft ihres Glaubens wesentlich verstärkte. Aber diese Überzeugungskraft gewann ihren Höhepunkt, als die jüdische und heidnische Welt die Bereitschaft der Christen sah, sogar ihr Leben hinzugeben als Bekräftigung ihres Zeugnisses.

Angesichts des drohenden Todes nahmen die letzten Worte, welche die Angeklagten an ihre Verfolger richteten, eine heilige Würde an, die jedermann tief beeindruckte. In manchen Fällen wurden sogar die Verfolger selbst durch sie überwunden, so dass sie den Glauben ihres Opfers annahmen. Diese Zeugnisse prägten sich der Erinnerung ihrer Mitchristen ein. Sie wurden in den Märtyrerakten niedergeschrieben und dann in der christlichen Versammlung vorgelesen als eine Quelle der Stärkung auch für kommende Generationen. Der Kirchenvater Tertullian gab dieser universalen Erfahrung der

Alten Kirche Ausdruck, als er den berühmten Satz prägte: *„Sanguis martyrorum est semen ecclesiae"* (Das Blut der Märtyrer ist der Same der Kirche).

Das Beispiel dieser frühen christlichen Märtyrer hat eine erstaunliche Nachahmung durch verfolgte Christen unserer Zeit gefunden, besonders in der Sowjetunion. Auch sie haben entdeckt, dass es keine bessere Gelegenheit für das evangelistische Zeugnis gibt als den Augenblick, wo sie in den Gerichtssaal gerufen wurden, um dort im Kreuzverhör ihrer Untersuchungsrichter Rede und Antwort zu stehen. Wir wissen von zahlreichen Beispielen, wie diese Märtyrerchristen viel Zeit und Mühe darauf verwendet haben, um ihr Schlussplädoyer vor ihren Richtern vorzubereiten. Sie baten nicht um Gnade oder Milderung ihrer Strafen. Statt dessen bemühten sie sich, diese Situation als eine einzigartige Gelegenheit auszunutzen, das Evangelium vor einer einflussreichen atheistischen Hörerschaft zu verkünden. Einige evangelische Gefangene haben ihre Verteidigungsreden sogar in Verse gegossen. Diese wurden von ihren Freunden stenographiert und dann in der *„Samizdat"* Untergrundpresse als eine Quelle geistlicher Stärkung für ihre ebenfalls bedrohten Mitchristen gedruckt.

Die Wiederentdeckung der Ganzheit der Kirche bedeutet auch die Entdeckung der wichtigen Verbundenheit zwischen der kämpfenden, der leidenden und der triumphierenden Kirche. Wenn wir die *„Gemeinschaft der Heiligen"* bekennen, so sollten wir dessen eingedenk sein, dass der Leib Christi als seine Glieder nicht nur die Christen unserer eigene Generation umfasst, sondern auch diejenigen Gläubigen, die ihren irdischen Lauf schon vollendet haben. Ihr Zeugnis kann auch eine göttliche Tröstung für die pilgernde Kirche sein. Wir sind in der Tat *„von einer großen Wolke von Zeugen umgeben"* (Hebräer 12,1). Das Zeugnis des Petrus, des Paulus und Johannes, das Zeugnis der Perpetua und Felicitas, von Johannes Hus und Thomas Cranmer, der ugandischen Märtyrer, von Maximilian Kolbe und von Ivan Vasiljewitsch Moisejew, dem russischen Soldaten, der im Juli 1972 zunächst gefoltert und dann im Schwarzen Meer ertränkt wurde, weil er unerschütterlich seinen Glauben gepredigt und verteidigt hatte: Sie alle sprechen zur Kirche Jesu Christi auch noch heute. Diese Zeugnisse ermahnen uns, auch in unserer schärfsten Anfechtung niemals unser Vertrauen wegzuwerfen, „*welches eine große Belohnung hat*" (Römer 10,35).

Die letzte Botschaft, die Ivan Moisejew seinen Freunden sandte, schloss mit der eschatologischen Verheißung, die der Märtyrerkirche in Smyrna gegeben wird (Offenbarung 3, 11): „*Halte was du hast, dass niemand deine Krone nehme.*"

4. Das Martyrium ruft nach Bewährung der Solidarität in der Kirche Christi

Nachdem wir uns nun erneut bewusst gemacht haben, dass *erstens* Jesus seiner Kirche das Leidenmüssen vorhergesagt hat, dass *zweitens* solches Leiden heute vielerorts schmerzvolle Wirklichkeit ist und dass *drittens* auf dem Leiden ein besonderer Segen liegt, welcher der ganzen Kirche Christi zugute kommen soll, so müssen wir nun noch darauf hinweisen, dass diese dritte Wahrheit nur dann Wirklichkeit wird, wenn wir diesen inneren Zusammenhang von Leiden und Segen erkannt und bejaht haben. Was heißt das? Es bedeutet zunächst, dass wir vor dem Leiden der Glaubensgeschwister in aller Welt nicht mehr länger satt und selbstzufrieden die Augen schließen dürfen. Das paulinische Verständnis von der Kirche als dem einen Leib weist auf die gegenseitige Abhängigkeit aller Christen voneinander hin. Ein Ereignis, das ein Glied tief betrifft, verlangt nach der Anteilnahme aller anderen Glieder.

Paulus sagt:

> „*Wenn ein Glied leidet, so leiden alle zusammen; wenn ein Glied geehrt wird, so freuen sich alle zusammen*" (1. Korinther 12,26).

Die erste Voraussetzung, dass diese korporative Anteilnahme in Freude und im Leid stattfinden kann, ist natürlich eine lebendige Kommunikation unter den Mitgliedern. Das kann allerdings schwierig werden, wenn sie äußerlich durch politische Barrieren getrennt sind, welche solchen Austausch verhindern sollen.

Vergessen wir niemals, dass die leidensarme Zeit, die wir als eine Kirche genießen, die noch geborgen ist durch die Ordnung unseres freiheitlichen Rechtsstaates, einmal jäh zu Ende gehen könnte. Es gibt viele gottfeindliche Kräfte, die von innen und außen an diesen Ordnungen rütteln.

Wir haben gehört, dass nicht Wohlergehen, sondern Leiden der normale Zustand der christustreuen Kirche ist. Bereiten wir uns also innerlich auf diese Zeit vor. Nehmen wir schon heute geistlich teil an solchen Leiden der Kirche, die sich bei uns in dem verbreiteten geistlichen und moralischen Zerfall äußern.

Von Helmut Thielicke stammt der bedeutsame Begriff „*Leiden an der Kirche*". Die verwundenden und mörderischen Stöße, die heute gegen die Kirche Jesu geführt werden, sind Vorboten der großen Trübsal, die zur Zeit der letzten Drangsal über die ganze Kirche kommen wird. Uns auf eine solche Situation innerlich vorzubereiten, dazu kann und soll uns auch das Zeugnis unserer verfolgten Glaubensgeschwister in anderen Teilen der Welt dienen.

Zusammenfassung

Ich habe versucht zu zeigen, dass die Bewährung der Solidarität notwendig ist, nicht nur um der besonders angefochtenen Glieder des Leibes Christi willen. Sie eröffnet gleichzeitig auch Kanäle, durch welche die besonderen Segnungen, die von ihnen in ihren Trübsalen empfangen werden, zu uns fließen können, um auch die übrigen Glieder am Leib Christi zu beleben.

Eine Kirche, die ihre Märtyrer im Stich lässt, die weder für sie betet noch furchtlos für sie eintritt und sich um sie sorgt, zerstört damit nicht nur die geistliche Gemeinschaft unter allen Gliedern des Leibes Christi. Sie verrät schließlich Christus selber, das Haupt seines Leibes, der mit seinen Gliedern leidet. Gerade im Hinblick auf die bedürftigsten Nachfolger und Sendboten hat Jesus gesagt:

> *„Wahrlich ich sage euch: Was ihr getan habt einem unter diesen meine geringsten Brüdern, das habt ihr mir getan.“*

Aber er hat auch gesagt:

> *„Was ihr nicht getan habt einem unter diesen Geringsten, das habt ihr mir nicht getan“* (Matthäus 25,40.45).

Bleiben wir also der zeitlichen und ewigen Konsequenzen eingedenk, die der Herr mit unserem Handeln oder auch Nichthandeln für die geringsten unter unseren Brüdern verbunden hat!

**Abdruck mit freundlicher Genehmigung des Autors*

Die überraschende Wende

Das Unfassbare und kaum noch Erwartete geschieht. Noch am 13. November hatte die Deutsche Presse-Agentur gemeldet, das Schicksal der Geiseln liege weiterhin im Dunkeln. Doch schon zwei Tage später folgt die überraschende Mitteilung: **Alle 24 Inhaftierten sind frei!** Im Zuge des Vorrückens der Nordallianz und des Rückzugs der Taliban waren sie in der Stadt Ghasni, zwei Autostunden südlich von Kabul – nach Bombenangriffen auf die Stadt und einem Aufstand – von den Taliban im Gefängnis zurückgelassen und kurze Zeit später von Bürgern in Ghasni befreit worden. Mit amerikanischen Hubschraubern wurden sie so schnell wie möglich nach Islamabad in Pakistan ausgeflogen.

US-Präsident George W. Bush und Bundesaußenminister Joschka Fischer reagieren mit Erleichterung und Dankbarkeit auf diese unerwartete Wende zum Guten und „unglaublich gute Nachricht".

Von Islamabad aus gibt der Projektleiter von SHELTER NOW, **Georg Taubmann**, nur wenige Stunden nach der Befreiung der Evangelischen Nachrichtenagentur idea ein Telefon-Interview ...

Georg Taubmann

Helmut Matthies (idea)

idea-spektrum 47/2001 vom 21. November

HELMUT MATTHIES

„WUNDER ÜBER WUNDER"

Erstes Interview mit Georg Taubmann

SIE SIND FREI! Am kommenden Sonntag ist der Ewigkeitssonntag, im Volksmund auch Totensonntag genannt. Es dürfte kaum andere Christen aus dem deutschsprachigen Europa geben, die in diesem Jahr unter derart dramatischen Umständen 14 Wochen lang dem Tod so intensiv ins Auge gesehen haben wie die evangelikalen Entwicklungshelfer in Afghanistan. Am 3./5. August hat man sie verhaftet – zusammen mit vier Ausländern und 16 Einheimischen. Alle 24 sind Mitarbeiter der deutschen Hilfsorganisation SHELTER NOW (auf deutsch: Obdach jetzt). Sie kümmerten sich um Unterkünfte für Obdachlose, unterrichteten Kinder, sorgten für Nahrung für die Ärmsten der Armen in dem ausschließlich islamischen Land. Sie missionierten nicht. Nur wenn sie nach ihrem Glauben gefragt wurden, antworteten sie. Trotzdem kamen sie wegen angeblicher Missionierung in Haft. Ihnen drohte die Todesstrafe. Der Prozess wurde immer wieder verschoben – bis sie schließlich am 13. November freikamen.

Wenige Stunden nach seiner Befreiung aus der Gewalt des Taliban-Regimes in Afghanistan gab der Projektleiter der Hilfsorganisation, Georg Taubmann (45), der Evangelischen Nachrichtenagentur idea ein Telefon-Interview. Mit Taubmann sprach der Leiter von idea **Helmut Matthies**.

Wie sind Sie befreit worden?

Als die afghanische Hauptstadt Kabul von den Truppen der gegen die Taliban kämpfenden Nordallianz bedroht wurde, sind wir von einem der höchsten Taliban-Kommandeure aus dem Gefängnis herausgeholt worden, in einen Geländewagen gesetzt und Richtung Süden verschleppt worden.

Eine Nacht mussten wir bei großer Kälte in verschiedenen Gefängnissen zubringen. Zuletzt waren wir in *Ghasni*, etwa 80 Kilometer südwestlich von Kabul. Es war zehn Uhr. Wir beteten gerade – da fing die Schießerei außerhalb des Gefängnisses an. Wir wussten nicht, was passiert ist. Das Gebäude schwankte, die Leute liefen in Panik umher.

Um elf Uhr stürmte eine Menschenmenge zum Gefängnis. Wir waren überzeugt, dass unsere irdische Lebenszeit zu Ende ist und die hereinstürmenden Leute uns umbringen. Es hatte einen Aufstand der Bevölkerung gegen die Taliban in der Stadt gegeben, die schlagartig und ohne großen Widerstand flüchteten. Wieder fingen wir an zu beten: für die Situation, die Stadt, füreinander.

Als die Aufständischen in unseren Raum kamen, waren sie total überrascht, hier Ausländer zu treffen und fragten uns: „Seid ihr von der Opposition?“ Es war für uns wie ein Traum. Wir konnten es kaum glauben. Wir sind uns gegenseitig um den Hals gefallen. Wir wurden von den Bürgern von Ghasni aus dem Gefängnis geführt, draußen wurde noch geschossen.

Wir konnten dann Kontakt zu den Amerikanern herstellen. Ein US-Hubschrauber holte uns schließlich zwei Tage nach unserer Befreiung raus und flog uns in die pakistanische Hauptstadt Islamabad. Ein risikoreiches Unternehmen, aber es ging gut.

Eine Landkarte mit der Fluchtroute der Gefangenen befindet sich auf Seite 38

Sind Sie dankbar, dass die Amerikaner in Afghanistan einmarschiert sind?

Wir freuen uns mit der Mehrheit des afghanischen Volkes, dass diese äußerst schreckliche Zeit zu Ende gekommen ist. Wir haben miterlebt, dass viele Menschen – besonders Frauen und Kinder – unter der Taliban-Herrschaft geschlagen worden sind. Wir haben noch nie so viel Leid und Elend gesehen. Es gab kein Gesetz mehr. Es gibt kaum eine afghanische Familie, wo nicht mindestens ein Familienmitglied im Gefängnis gewesen ist, Schlimmstes erlebt hat. Menschen sind verhaftet worden, nur weil sie verdächtigt wurden, einem anderen afghanischen Volk als dem herrschenden anzugehören. Männer wurden geschlagen, nur weil der Bart nicht lang genug war. Frauen sind nur deshalb ins Gefängnis gekommen, weil sie in einem Raum mit einem Mann gesehen worden waren. Ein Mann war nur deshalb im Gefängnis, weil man ein Bild von einer indischen Schauspielerin bei ihm gefunden hatte. In Kabul sind Menschen geschlagen worden, wenn sie ihre Läden nicht während der Gebetszeiten geschlossen hatten. Viele Moslems in den fünf Gefängnissen, in denen wir waren, sagten, sie würden fünfmal am Tag (zu den üblichen moslemischen Gebetszeiten) dafür beten, dass die Taliban-Herrschaft zum Ende kommt.

Was hat man SHELTER NOW eigentlich vorgeworfen?

Dass wir Kindern christlichen Religionsunterricht geben würden. Tatsächlich haben wir den Straßenkindern Essen und Kleidung gegeben. Dennoch haben sie diese Kinder alle eingesperrt, einen ganzen Monat lang, nur weil sie mit uns Kontakt hatten. Wir haben gehört, dass man sie im Gefängnis geschlagen hat.

Wie hat man Sie und Ihre Mitgefangenen behandelt?

Wir wurden oft belogen und bedroht. Nach dem 11. September, den Anschlägen in den USA, waren wir ja die einzigen Ausländer in Afghanistan. Als die US-Militärschläge begannen, waren die Taliban sehr verärgert. Es hieß immer wieder, dass die Taliban in unser Gefängnis kämen und uns erschießen würden. Wir hatten ja zwei amerikanische Mitchristen dabei. Die Spannung wurde immer unerträglicher. Fast alle von uns waren oft krank. Aber dennoch: Wir haben Wunder über Wunder erlebt. Wir hatten schon öfter mit unserem Leben abgeschlossen. Es ist für uns ein Wunder Gottes, dass wir hier herausgekommen sind. Wir haben im Gefängnis erfahren, dass Gott uns beigestanden hat.

Haben Sie nie daran gedacht, von Gott verlassen zu sein – in einem eiskalten Gefängnis, umgeben von Christenhassern, die Todesstrafe vor Augen?

Verzweifelt man da nicht an Gott?

Ja, natürlich. Wir haben oft gehofft, freigelassen zu werden. Stattdessen kamen wir in immer noch schlimmere Gefängnisse. Von den fünfen waren die letzten beiden die allerschlimmsten. Natürlich gab es Situationen, in denen wir gesagt haben: „Gott, wir verstehen das nicht mehr." Im Laufe der Zeit wurden wir immer mehr dazu bereit, für Gott unser Leben zu lassen. Aber natürlich haben wir bis zum Schluss gehofft, unsere Familien wiederzusehen.

Was haben Sie die ganzen Wochen im Gefängnis getan?

Wir haben jeden Morgen alle zusammen gebetet, Gott gelobt, bis es dann schließlich um 13 Uhr etwas zu essen gab. Dann hatten wir noch einmal eine Gebetszeit am Abend. Wir haben uns alle gegenseitig zu ermutigen versucht, uns auf das Wort Gottes in der Bibel konzentriert und erfahren, dass es tatsächlich Kraft gibt.

Was heißt das konkret?

Ich bin oft morgens aufgewacht mit dem Gefühl großer Einsamkeit und Hoffnungslosigkeit. Ich habe dann viel in den Psalmen gelesen und gemerkt, dass sie genau in meine Situation hineinsprechen. Sie sind so realistisch. Sie beschönigen nichts. Wir haben so unverstellbar viel Böses erlebt, Schlimmes gesehen, man hat unsere Hilfsorganisation zerstört. Und dann lese ich in Psalm 37, dass der Gottlose am Ende doch bestraft wird. Und dass Gott mit den Sanftmütigen ist. Da hieß es: *„Befiehl dem Herrn deine Wege, und hoffe auf ihn, er wird's wohl machen ... Sei stille dem Herrn und warte auf ihn."* Immer dann, wenn wir keine Hoffnung mehr hatten, haben wir uns an die Verheißungen Gottes erinnert und uns an sie richtiggehend geklammert.

Werden Sie jemals wieder afghanischen Boden betreten?

Wir sind als Christen nach Afghanistan gekommen, um den Menschen in ihrem großen Elend dort zu helfen, durch Bildungs- und Sozialprojekte. Sieben von uns acht wollen wieder zurückkehren. Ich bin dabei. Aber was jetzt für mich wichtiger ist: Ich möchte mich ganz herzlich bei allen ideaSpektrum-Lesern bedanken, die für uns gebetet haben!

Wir danken für das Gespräch.

Chronik der Gefangenschaft

3./5. August	Verhaftung von 24 Mitarbeitern der Hilfsorganisation Shelter Now in Afghanistan unter dem Vorwurf der christlichen Missionierung, unter ihnen auch die vier Deutschen Georg Taubmann, Silke Dürrkopf, Margrit Stebner u. Katrin Jelinek. Die Ermittlungen beginnen.
12. August	Diplomaten aus Deutschland, den USA und Australien warten immer noch auf Visa für die Einreise in Afghanistan, um ihre Landsleute besuchen zu können.
14. August	Drei westliche Diplomaten, die sich um einen Kontakt zu den Inhaftierten bemühen, werden von den Taliban aufgefordert, ins benachbarte Pakistan zurückzukehren und dort das Ende der Ermittlungen gegen ihre Landsleute abzuwarten. Ein Besuch bei den Gefangenen wird ihnen nicht genehmigt. Ihre Visa sollen über den 21. August hinaus nicht verlängert werden.
27. August	Erleichterung der Diplomaten nach einem ersten Besuch bei den acht in Kabul inhaftierten westlichen Shelter Now-Helfern. Es können Briefe ausgetauscht und Päckchen an die Gefangenen übergeben werden.
28. August	Erneuter Vorwurf der christlichen Missionierung gegen die Hilfsorganisationen SERVE u. IAM und Ausweisung ihrer ausländischen Mitarbeiter. Es bleibt unklar warum diese nur ausgewiesen werden, während die Shelter Now-Mitarbeiter inhaftiert wurden.

4. September Beginn des Prozesses gegen die Shelter Now-Mitarbeiter. 21 Richter des Obersten Gerichts beginnen unter Ausschluss der Gefangenen ihre Beratungen hinter verschlossenen Türen. Das Verfahren gegen die 16 afghanischen Helfer wird abgetrennt. Ihnen droht die Todesstrafe.

6. September Eine mögliche Begnadigung durch Taliban-Anführer Mullah Mohammed Omar wird am dritten Prozesstag in Aussicht gestellt. Zum ersten Mal wird von der Möglichkeit der Todesstrafe für die Inhaftierten gesprochen.

8. September Erster Verhandlungstag für die 8 ausländischen Mitarbeiter von Shelter Now. Ein zweites Gespräch mit Botschaftsvertretern ihrer Heimatländer kann stattfinden. Ein Sprecher kündigt an, dass sich eine Lösung für die anwaltliche Vertretung der Angeklagten abzeichne. Solange wir der Prozess unterbrochen.

11. Septemb. **Die Terroranschläge in den USA** schaffen eine völlig neue Situation in Kabul.

1. Oktober Wiederaufnahme des Prozesses nach fast drei Wochen inmitten wachsender Spannungen vor einem befürchteten US-Militärschlag gegen Afghanistan. Der oberste Richter versichert, die Bedrohung durch einen möglichen amerikanischen Angriff werde den Prozess nicht beeinträchtigen. Zwei pakistanische Anwälte werden als Verteidiger vor Gericht zugelassen.

7. Oktober Beginn der amerikanischen Bombenangriffe auf Afghanistan, zunächst vor allem in den

Nächten. Betroffen ist auch die Hauptstadt Kabul mit zahlreichen Zielen. Am Tag zuvor hatten die Taliban die Freilassung der Gefangenen angeboten unter der Bedingung, dass die USA nicht mit Angriffen drohe.

8. Oktober — Die Fortsetzung des Prozesses gegen die Shelter Now-Helfer ist in Frage gestellt. Ihr weiteres Schicksal wird zunehmend ungewiss.

24. Oktober — Letzter Kontakt des pakistanischen Anwalts zu den acht Inhaftierten. Einem kanadischen Hilfskonvoi werden Pakete und Brief für die Gefangenen mitgegeben. Telefonverbindungen ins Ausland sind seit Beginn der US-Luftangriffe abgebrochen.

12. Novemb. — Die Taliban-Geiseln sollen aus Kabul nach Kandahar, der Taliban-Hochburg im Süden Afghanistans, verschleppt werden. Sie werden zunächst ins Gefängnis nach Ghasni, einer Zwischenstation, gebracht.

13. Novemb. — Die Befreiung durch einen Bürgeraufstand in Ghasni. Die Shelter Now-Mitarbeiter werden zwei Tage später mit einem US-Hubschrauber aus dem Kriegsgebiet nach Islamabad in Pakistan ausgeflogen.

Grund zum Dank aus tiefstem Herzen

Gott hat in seiner Gnade die Befreiung der Christen in Afghanistan bewirkt. Er hat die vielen Gebete von Christen erhört, die zu ihm gefleht haben. Das ist Grund zum Dank aus tiefstem Herzen.

Unser Gott ist groß, er kann das Schicksal wenden! Wer sich an ihn wendet in der Not, erhält Trost und kann auf Rettung hoffen. Dies hat das Beispiel der SHELTER NOW-Mitarbeiter in Afghanistan gezeigt.

Es ist aber auch deutlich geworden, wie schnell Menschen, die guten Willens sind, mit ihren Bemühungen und Möglichkeiten am Ende sind. Wer hatte zuletzt noch einwirken können auf das, was mit den Geiseln geschah? Wer hätte noch verhindern können, dass sie nicht brutal ermordet irgendwo aufgefunden wurden? Niemand.

Alle Hilfe hing zuletzt allein von dem ab, der die Geschicke in dieser Welt lenkt und der selbst durch Leid, Tod und Martyrium die Seinen durchträgt hin zu einem herrlichen Ziel. Was auch immer geschieht mit uns Christen in dieser Welt, wir können unsere Hoffnung auf einen starken Gott setzen und sind geborgen in ihm, selbst wenn es ganz hart kommen wird!

Das Drama der inhaftierten Christen in Afghanistan macht deutlich: Wir dürfen unser Leben unserem Gott anvertrauen, und das nicht erst in ausweglosen Situationen.

Es macht auch deutlich, dass wir unbedingt Anteil nehmen müssen an dem Schicksal derer, die Verfolgung um ihres Glaubens willen erdulden müssen, ein Mitleiden, das man von der Welt kaum erwarten kann, aber bei Glaubensgeschwistern doch voraussetzen sollte ...

idea-spektrum 48/2001 vom 28. November

Helmut Matthies

Warum gab es so wenig Solidarität?

Der US-Präsident George Bush telefonierte fünfzehn Minuten mit befreiten Christen

Auf keinen Staatsmann dürfte derzeit eine so schwere Last der Verantwortung liegen wie auf US-Präsident Bush. Trotzdem nahm sich der mächtigste Politiker die Zeit, 15 Minuten lang mit den beiden amerikanischen Mitarbeitern der deutschen Hilfsorganisation Shelter Now (Braunschweig) direkt nach ihrer Befreiung aus einem afghanischen Gefängnis zu telefonieren. Der Leiter von Shelter Now in Pakistan und Afghanistan, Georg Taubmann, erhielt gerade mal einen Anruf des deutschen Außenministers. Kein deutscher Präsident, kein Kanzler meldete sich, um zu erfahren, wie es dem vorbildlich wirkenden Protestanten nach über 100 Tagen, mit viel Todesängsten verbrachter Haft geht. Ganz im Gegensatz zum riesigen Medienecho auf das Schicksal der Göttinger Familie Wallert, die von Islamisten im letzten Jahr auf den Philippinen entführt worden war. Ging es hier um Urlauber, so bei den acht Shelter-Now-Mitarbeitern um Christen, die seit Jahren selbstlos den Ärmsten der Armen in Afghanistan halfen und nur auf Anfrage erklärten, sie seien Christen. Doch mit ihnen konnte man nur wenig anfangen, vielleicht schämte man sich ihrer sogar, denn man hatte sie unter dem Vorwurf verhaftet, missioniert zu haben.

Es dauerte Wochen, bis die Arbeitsgemeinschaft Christlicher Kirchen (ACK) und die Vereinigung Evangelischer Freikirchen gegen die Verhaftung protestierten – und das auch erst, nachdem sie wegen ihres Schweigens kritisiert worden waren. Auch die EKD-Spitze reagierte erst auf Anfrage. Ganz im Gegensatz zum Geschehen vor nur rund 15 Jahren in Südafrika, wo man Fürbittesonntage anordnete, eine riesige Reisediplomatie in Gang setzte und sich Synode für Synode jahrelang mit der Apartheid beschäftigte. Verhaftete Christen im Islam – das wollen viele gar nicht wahrhaben, stört es doch die Ansicht, nach der wir angeblich alle an denselben Gott glaubten. Doch jeder verhaftete Christ ist ein Beleg dafür, dass genau dies nicht stimmt. Denn wenn Christen den gleichen Gott verkündeten wie Moslems, dann bräuchte man sie nicht zu verhaften, wenn sie von Gott reden.

Der Weltkirchenrat trieb den Religionsmischmasch geradezu auf die Spitze, indem er Christen dazu aufrief, mit Moslems solidarisch zu sein und die „spirituellen Bande" zwischen beiden Religionen zu stärken. Das ist nicht nur ein Schlag gegen all die Ex-Moslems, die Christen geworden sind und dafür schwere Bedrängnis auf sich nehmen mussten. Es steht auch im Widerspruch sowohl zum Koran als auch zur Bibel. Denn wenn allein im Namen Jesu (Apostelgeschichte 4) das Heil für alle Menschen liegt, dann kann Aufgabe eines Weltkirchenrates nur sein, auch alle zu ihm zu rufen. Der Koran aber leugnet sowohl Kreuzigung wie Auferstehung Christi. Jesus Christus ist also offensichtlich zu einem Störenfried in einer alle umfassenden „Ökumene" geworden. Und alle, die sich – wie biblisch gefordert – an ihn uneingeschränkt halten, werden zunehmend zu Außenseitern. Ihnen bleibt freilich die Verheißung, dass das Kriterium im Jüngsten Gericht, ob man in den Himmel kommt oder nicht, allein das Bekenntnis zu Christus ist (Matthäus 10).

„Der Herr aber lacht ihrer"

Derweil ereignet sich, was in Psalm 2 prophezeit ist: „*Der Herr aber lacht ihrer.*" Er lacht über alle, die meinen, die biblischen Wunderberichte seien überzogen oder gar erfunden, und lässt seine Leute (die Christen von SHELTER NOW) aus dem Gefängnis in Afghanistan unter Umständen befreien, die viele Wunderberichte in der Bibel noch übertreffen.

„*Der Herr aber lacht*" offensichtlich auch über jene Bischöfe, Kirchenpräsidenten und Präsides, die meinen, ganz genau zu wissen, wie Gott heute zu handeln hat, dass er nämlich auf jeden Fall gegen Militäreinsätze sei. Nun ließ Gott aber seine Leute in Afghanistan ausgerechnet durch Soldaten befreien. Wie gut, dass sich Gott nicht immer nach den Vorstellungen seines Bodenpersonals richtet! Sonst wären die acht inhaftierten Christen nicht frei, sondern vermutlich von den Taliban umgebracht worden, wie sie das ja oft genug angekündigt hatten.

Die heimgekehrte Shelter-Now-Mitarbeiterin Silke Dürrkopf wird mit einem Blumenstrauß empfangen

„Ich lasse euch nicht als Waisen zurück!"

Wenn alles davon abhinge, dass die Welt und auch die Mitchristen Anteil nehmen am Schicksal der verfolgten Kinder Gottes in dieser Welt, dann wären wohl viele vergessen und abgeschrieben und müssten angesichts ihrer Verlassenheit und Isolation verzweifeln. Und oft ist es ja auch gar nicht möglich, einen Kontakt aufrecht zu erhalten, wie man im Fall der Shelter Now-Helfer sehen kann. Menschlich gesprochen waren sie gerade im Anfang und auf schreckliche Weise in den zunehmenden Kriegswirren ganz und gar auf sich allein gestellt. Sicher, sie konnten sich untereinander Trost geben, hatten noch Bibeln und konnten Kraft und Mut schöpfen aus Gottes Wort. Aber je länger die Isolation dauert, je größer die Ungewissheit wird und je bedrängender die Umstände werden, desto mehr bedarf es des Zuspruchs.

Dann bekommt die Tatsache unendliches Gewicht, dass man sich als Christ auf die tröstliche Nähe des himmlischen Vaters stützen kann. Der Herr Jesus bestätigt in Bezug auf sein eigenes Leiden und Sterben, dass dieser Trost von größtem Wert ist – selbst für den Sohn Gottes, der doch so stark, aber eben auch Mensch war. Seinen Jüngern, von denen er eigentlich in seiner schwersten Stunde Beistand erwartete, musste er ankündigen, dass sie ihn verlassen würden: *„Seht, die Zeit kommt, ja sie ist schon da, wo ihr davonlaufen werdet, jeder dorthin, wo er herkommt, und mich werdet ihr allein lassen."* Doch im gleichen Atemzug konnte er die frohe Zuversicht äußern, die auch Christen in der Verfolgung, unabhängig davon, welchen Ausgang sie nehmen wird, stets haben dürfen: *„Aber ich bin nicht allein; der Vater ist bei mir"* (Johannes 16,32).

Das folgende Bekenntnis der Taliban-Geisel **Margrit Stebner** bringt dies auch zum Ausdruck ...

idea-spektrum 51/52/2001 vom 19. Dezember

Margrit Stebner

„Ja, Gott ist meine Rettung ihm will ich vertrauen und niemals verzagen!"

Die Talibangeisel Margrit Stebner schreibt, was ihr in der Haftzeit in Kabul Kraft gab

Dieses Bekenntnis habe ich zwar nicht jeden Tag ausgesprochen, als ich von Anfang August bis Mitte November in Kabul von den Taliban inhaftiert war. Doch dieses Jesaja-Wort aus Kapitel 12 Vers 2 fasst meine Erfahrungen zusammen.

Ich musste mich jeden Morgen neu entscheiden, Gott zu vertrauen und ihm meine Angst zu überlassen. Wir – die inhaftierten acht ausländischen Entwicklungshelfer – hatten so einen

Spruch unter uns: „Wenn du denkst, es kann nicht mehr schlimmer kommen: Es geht!“ Und unsere Situation wurde immer schlimmer.

Die erste Zeit, in der wir völlig isoliert von der Außenwelt waren und noch nicht mal unseren Angehörigen mitteilen konnten, wo wir sind, war sehr hart. Wir bekamen oft keine oder falsche Informationen von den Taliban. Nach dem 11. September wurde unsere Situation wesentlich schwieriger. Und als die Amerikaner im Oktober begannen, Afghanistan zu bombardieren, kristallisierte sich immer mehr heraus, dass wir Geiseln waren und die Taliban uns für ihre Zwecke missbrauchten. Angst kam immer wieder auf! Besonders in den Bombennächten in Kabul. Gefangen in einer Zelle. Oft hat das ganze Haus gebebt. Da gab es keinen sicheren Bunker für uns, wo wir Schutz hätten finden können. Immer wieder Isolation, Unsicherheit. Wir wussten nicht mehr, wie es ausgehen wird. Gerade in der Nacht, als wir beim beginnenden Einmarsch der Nordallianz spätabends von den Taliban aus der Zelle im Kabuler Gefängnis geholt wurden und man uns in Richtung Kandahar verschleppt hatte. Uns war klar, dass das für uns den Tod bedeuten könnte. Da gab es nichts mehr, an dem man sich festhalten konnte. Da war nur noch Gott.

Ich bin immer wieder ins Gebet gegangen und habe so meine Angst und Panik niedergerungen. Und Gott hat mir immer wieder seinen Frieden gegeben.

Von Anfang an hatten wir den Eindruck, dass wir heil und unbeschadet herauskommen würden (Daniel 3). Und Gott hat Wort gehalten. Schlimme Situationen sind uns nicht erspart geblieben, aber in all dem waren wir bewahrt. Auch wenn Angst da war: Gott war immer da. Auch der zweite Teil des Verses aus

Jesaja 12,2 (aus dem die Jahreslosung entnommen wurde) ist für mich bedeutsam: *„Denn Gott ist meine Stärke und mein Loblied, und er ist mir zum Heil geworden."*

Gott zu loben, ihn anzubeten – auch in unserer Situation? Das haben wir uns nicht nehmen lassen. Das gehörte auch vor der Zeit unserer Gefangenschaft zu unserem täglichen Leben. Ich hätte mir nie vorstellen können, durch so eine schwere Zeit – in der Gewalt von Taliban, im Gefängnis und dann noch im Krieg – zu kommen ohne schwere seelische oder körperliche Schäden. Aus meiner Kraft heraus hätte ich das nicht geschafft. Mein Vertrauen in Gott und meine Liebe zu ihm sind in der Haft noch gewachsen. Und das gibt mir auch Hoffnung für die Zukunft.

Unsere Sicherheit im Westen ist trügerisch. Wir wissen nicht, was auf uns zukommen wird. Es gibt keine Garantie dafür, dass wir von Kriegen, Naturkatastrophen oder was auch immer verschont bleiben. Ich glaube auch nicht, dass wir als Christen einen Rechtsanspruch haben auf ein gutes, langes und friedliches Leben. Doch die Erfahrungen, die ich während dieser Zeit mit Gott gemacht habe, machen mir Mut und geben mir Hoffnung für morgen und übermorgen, denn ich weiß, dass ich mich auf Gott verlassen kann, egal was kommt und was passiert. Ob ich lebe oder sterbe, ich gehöre zu ihm.

Dem aber,
der euch ohne Straucheln
zu bewahren und vor seine
Herrlichkeit tadellos mit
Jubel hinzustellen vermag,
dem alleinigen GOTT,
unserem Heiland durch
JESUS CHRISTUS, unseren
Herrn, sei Herrlichkeit,
Majestät, Gewalt und
Macht vor aller Zeit und
jetzt und in alle Ewigkeit!
Amen. Judas 1,24-25

Anschrift Shelter-Now

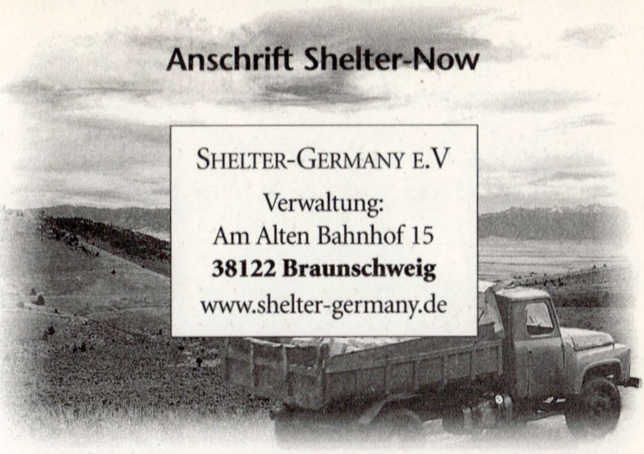

SHELTER-GERMANY E.V

Verwaltung:

Am Alten Bahnhof 15

38122 Braunschweig

www.shelter-germany.de

Buchempfehlung

EBERHARD MÜHLAN

Gefangen in Kabul

Die dramatischen Erlebnisse der SHELTER NOW-Mitarbeiter in Afghanistan.

Taschenbuch, 200-300 S., mit Bildteil

Nr. 815 779, ca. € 9,95

(unverbindl. Preisempfehlung)

ISBN 3-89437-779-8

„Wir haben Wunder über Wunder erlebt!" So Georg Taubmann, der Projektleiter der Hilfsorganisation SHELTER NOW kurz nach seiner Freilassung. Hinter den acht Entwicklungshelfern liegen hundert Tage der Ungewissheit und Angst. Mehr als einmal mussten sie in der Haft der Taliban um ihr Leben fürchten. Aber sie erlebten auch schöne Momente: echte Freundschaften und selbstlose Hilfe durch ihre afghanischen Mitgefangenen. Ihr Herz schlägt immer noch für das afghanische Volk. Und ihre Liebe für dieses Land ist nicht erloschen ... *ab März 2002 lieferbar!*

Anhang

Christenverfolgung unter Regimen unterschiedlichster ideologischer Prägung

Die Kirchengeschichte aber auch die zurückliegende nähere Vergangenheit bietet unzählige Zeugnisse des Martyriums von Christen. Nachfolgend exemplarisch vier bewegende Beispiele unter nationalsozialistischer und kommunistisch-sozialistischem Herrschaft in Deutschland sowie das aktuelle Beispiel eines Ehepaares in den Händen der militant-islamischen Gruppe *Abu Sayyaf* („Schwert des Herrn", bekannt durch die mehrmonatige Geiselhaft der Familie Wallert) auf der südphilippinischen Insel Basilan.

Christen werden zur Zeit weltweit am stärksten verfolgt

Es gibt in vielen Staaten einen Bericht zur Lage der Nation, von der Evangelischen Kirche in Deutschland (EKD) einen jährlichen Rechenschaftsbericht und seit 1998 jedes Jahr – von idea – einen Bericht zur weltweiten Situation verfolgter Christen. Der neueste für das Jahr 2001 ergibt: **Keine andere Religionsgemeinschaft hat derzeit so stark unter Verfolgung zu leiden wie die Christenheit.** Dies belegen der Missionswissenschaftler Prof. Thomas Schirrmacher und Max Klingberg von der Internationalen Gesellschaft für Menschenrechte (IGFM) in der idea-Dokumentation unter dem Titel „Märtyrer 2001" (s. Hinweis auf S. 92). Islamische Länder spielten bei der Christenverfolgung eine „unrühmliche Vorreiterrolle", heißt es im Vorwort der Herausgeber.

(Weitere Informationen zur Christenverfolgung finden sie auf der Website der Internationalen Gesellschaft für Menschenrechte: www.IGFM.de)

idea-spektrum 35/1997

Astrid Bergner

Der Blutzeuge

Zum 100. Geburtstag des „Predigers von Buchenwald", Paul Schneider

„*So spricht der Herr: Ich bin die Auferstehung und das Leben.*" So hallte es am Ostersonntag aus der Einzelzelle des Konzentrationslagers Buchenwald (bei Weimar) auf den davorliegenden Appellplatz. Der Ruf kam von einem der bekanntesten Blutzeugen der Bekennenden Kirche, dem evangelikal orientierten Theologen aus der rheinischen Kirche **Paul Schneider**, dessen Geburtstag sich am 29. August 1997 zum 100. Mal jährte. Am 18. Juli 1939 wurde er durch die Nationalsozialisten ermordet.

Paul Schneider mit seiner Verlobten und späteren Ehefrau Margarete Dietrich im Jahr 1925

Fast zärtlich streicht Margarete Schneider über die leeren Stellen im Fotoalbum. Manches auch persönliche Bild ist da heraus gerissen worden in den 58 Jahren, seit das Leben des Hunsrücker Dorfpfarrers Paul Schneider am 18. Juli 1939 im Konzentrationslager Buchenwald ein gewaltsames Ende fand. Herausgerissen, um Zeugnis abzulegen. In der hochsommerlichen Mittagsstille am weit geöffneten Fenster des Hauses seiner Witwe in Dickenschied nehmen die Lücken im Album größere Dimensionen an: Herausgerissen aus dem Leben wurde der Ehemann und Vater von sechs Kindern mit 41 an jenem Sommertag, als Margarete Schneider abends ein Telegramm in Händen hielt: *„Paul Schneider, geb. 29.8.97, heute verstorben. Falls Überführung auf eigene Kosten erwünscht, Antrag innerhalb 24 Stunden an das Bestattungsamt in Weimar, sonst Einäscherung. Lagerkommandant Buchenwald.*“ Herausgerissen wurde er auch aus seinem Amt als Pfarrer von Dickenschied und Womrath, das ihm die Machthaber des Dritten Reiches streitig machen wollten, weil er die Wahrheit des Evangeliums von Christus als höchstes Gut bezeugte.

KZ-Gedenkstätte Buchenwald heute

„Öffentlich reden ist nicht meine Sache", meint die 93 Jahre alte Frau mit Blick auf die Feierlichkeiten zum 100. Geburtstag Schneiders, zu denen die Evangelische Kirche im Rheinland sie geladen hat. Und dann redet sie zwei Stunden lang lebhaft von ihm: „Er hat sich nie als einen außerordentlichen Menschen betrachtet, schon gar nicht als politischen Rebell und Märtyrer."

Der Pfarrerssohn, der durch die Erfahrungen im Ersten Weltkrieg vom Wunsch, Arzt zu werden, abrückte und ab 1919 in Gießen, Marburg und Tübingen Theologie studierte, hatte immer wieder Selbstzweifel. Er konnte und wollte sich nicht als Amtsinhaber in der Institution Kirche sehen, wie er es bei seinem verschlossenen und unnahbaren Vater in dessen Gemeinde Hochelheim bei Gießen immer wieder erlebte. 1922 stellte er sich deshalb für drei Monate der Arbeit am Hochofen im Ruhrgebiet und sammelte nach dem zweiten Theologischen Examen Erfahrungen in der Berliner Stadtmission bei Erich Schnepel.

Geprägt von Pietisten

Wenn er auch später die Arbeit in der Stadtmission kritischer betrachtete, prägte ihn dennoch die unakademische und schlichte Weise, mit der dieser pietistische Kreis soziale Arbeit leistete. 1926 wurde er, innerlich gefestigter, Amtsnachfolger seines verstorbenen Vaters in Hochelheim. Im selben Jahr heiratete er die Weilheimer Pfarrerstochter Margarete Dietrich. Anders als sein Vater war er überzeugt, dass er als Pfarrer „für das gesamte geistige und kulturelle Leben seines Dorfes verantwortlich“ war. „Er redete nicht nur von der Kanzel herab, sondern als Freund und Bruder mit den Menschen, und half, wo er konnte“, sagt Frau Schneider. Dabei sei er, bei schwerem Ringen um die Wahrheit des Evangeliums, immer „fröhlich gewesen. Es war ein reiches Dasein für uns, insbesondere durch die Freude an unseren Kindern“, erinnert sie sich.

Paul Schneiders Einzelzelle im KZ Buchenwald

Horst Wessel im Himmel?

Weil er sich für die christliche Existenz seiner Gemeindemitglieder mitverantwortlich fühlte, kam es ab 1932 unweigerlich zu Zusammenstößen Schneiders mit den Nationalsozialisten. Bei der Beerdigung eines Hitlerjungen widersprach er dem Kreisleiter, der den Verstorbenen „frischfröhlich in den himmlischen Sturm Horst Wessels" versetzte: „Ich weiß nicht, ob es in der Ewigkeit einen Sturm Horst Wessels gibt, aber Gott, der Herr, segne deinen Ausgang aus der Zeit und deinen Eingang in die Ewigkeit." Und fügte hinzu: „Ich protestiere. Dies ist eine kirchliche Feier, und ich bin als Pfarrer für die reine Lehre der Heiligen Schrift verantwortlich!" Schneider schloss sich der Bekennenden Kirche an und unterstützte deren Kundgebungen. 1934 beurlaubte das Kirchenamt ihn auf Druck der NSDAP und versetzte ihn nach Dickenschied. Mehrere Verhaftungen folgten. „Es hat uns gutgetan, dass die Menschen in Dickenschied und Womrath zu uns hielten", erinnert sich die Witwe.

Die Liebeszucht Gottes

Der Pfarrer ließ sich nicht erschüttern, als ihn die politische Führung 1937 aus dem Rheinland auswies, während er in Schutzhaft in Koblenz saß. „Es ist ja keine Bestrafung, keine Bezahlung mehr für unsere Sünde, nachdem Jesus vollgültig bezahlt hat. Nein, es ist die väterliche Liebeszucht, der wir uns nicht weigern dürfen", tröstete er seine junge Frau im Juni 1937 in einem Brief.

Trotz Verbotes predigt Schneider nach seiner Freilassung am 27. Juli 1937 wieder in Dickenschied und Womrath und kehrt auch nach einem langen Urlaub in Baden-Baden, zu dem ihn Freunde überredet haben, wieder in seine Gemeinden zurück. In einer der letzten Predigten vor seiner endgültigen Verhaftung sagt er:

„Dass unser gekreuzigter Herr uns mitnehmen möchte hinauf auf die Höhe des Kreuzes, hinab in die Tiefe des Leides, das dürfte jedem allmählich deutlich geworden sein, der den Herrn Christus aufrichtig lieb hat.“ Am 3. Oktober, nach dem Erntedankgottesdienst in Dickenschied, zu dem sich die ganze Gemeinde um ihren Pfarrer versammelt, wird Schneider von der Gestapo abgeführt.

Ein letzter Abschied

Seine Frau darf ihn noch einmal kurz in Koblenz besuchen, unmittelbar nach der Begegnung am 27. November 1937 wird er ohne Gerichtsverfahren ins KZ Buchenwald abtransportiert. „Ich sah meinen Mann weinen. Als er die Treppe herunterkam, sagte er zu mir: 'Wir dürfen nicht weinen, wir müssen das jetzt tragen.' Unser nächstes Wiedersehen war in Buchenwald, als Paul tot war.

Ich reiste mit einem Sarg im Anhänger nach Weimar. Der Mörder meines Mannes, Lagerarzt Dr. Ding, empfing mich vor der aufgebahrten Leiche: 'Gnädige Frau, herzliche Teilnahme, ihr Mann war ja herzkrank, er ist friedlich eingeschlafen. Ich habe mir alle Mühe gegeben.'“

Der gefolterte Zeuge

Die Wahrheit erfuhr die Witwe durch Mithäftlinge. Ihr Mann hatte 14 Monate in Einzelhaft schwerste Folter erleiden müssen, nachdem er im April 1938 beim Lagerappell die Mütze vor der NS-Flagge als einziger nicht abgezogen hatte. Immer wieder versuchten seine Peiniger, den „Prediger von Buchenwald“, wie ihn Mitgefangene nannten, zum Schweigen zu bringen. Paul Schneider nutzte jedoch mutig jede Gelegenheit, den geschundenen Menschen Trost zuzusprechen. Mit lauter Stimme schrie er die Namen von Mithäftlingen aus seiner Zelle heraus, deren Ermordung er im Namen Christi bezeugte. „Am Ostersonntag hörten wir plötzlich die mächtigen Worte: *'So spricht der Herr: Ich bin die Auferstehung und das Leben!'* Mehr als einige Sätze konnte er nie sprechen, dann klatschten schon die Prügel der Bunkerwächter auf ihn nieder", berichtete ein KZ-Häftling.

Behutsam reicht Margarete Schneider seinen letzten Brief an sie herüber. Der Schutzhäftling Nr. 2491 schrieb: „Wie fliegen auch für uns Jungen über der Trübsal die Wochen und Monde dahin! Möchten wir nur auch lernen und reifen an dem, was uns auferlegt wird, und überwinden!" Paul Schneider hätte angeblich nur ein Verzichtspapier, nicht mehr in seine Gemeinden zu gehen, unterschreiben müssen. Doch „der erste Bordstein in Weimar wäre meine erste Kanzel, wo ich eure Verbrechen verkündigen würde", so habe er gedacht, und darum sei er den Nationalsozialisten ein Dorn im Fleisch geblieben, sagt seine Witwe.

„Er hatte eine höhere Hand gehabt..."

Der Pfarrer starb am 18. Juli 1939 an einer Überdosis Strophanthin, die ihm injiziert wurde. Er war ein Christ, der seinen Glauben radikal ernst nahm und allein in Gott seinen Wegweiser suchte. Durch seinen Leidensweg hat ihn gewiss auch die verständnisvolle Liebe seiner Frau hindurchgetragen, die ihn am 21. Juli 1939 in Dickenschied gemeinsam mit fast 900 bekennenden Christen zu Grabe trug. „Wissen Sie", sagt Margarete Schneider und formuliert ganz nachdenklich und vorsichtig, als gelte es, eine Lücke zu schließen, „er hatte eine höhere Hand gehabt. Er war dazu ausersehen, das Evangelium zu verkündigen zu Zeit und Unzeit. Und das ist seit damals mein Trost.

Der Prediger von Buchenwald: Hänssler, Stuttgart

idea-spektrum 27/1998

ULRIKE LOTZE

„HEIL-HITLER-GRUSS" VERWEIGERT

Ferdinand Puzich im KZ totgeschlagen

Auf die Spur eines bisher unbekannten christlichen Märtyrers führte ein Beitrag in ideaSpektrum (43/97). In diesem Lebensbericht von Johannes Krikowski – eines pensionierten, jetzt in Düsseldorf lebenden Pfarrers – war vom „Ostpreußischen Gebetsverein" die Rede. Aufgrund der Erwähnung dieser pietistischen Gruppe – zu der Krikowski in seiner Kindheit gehörte – erhielt er Briefe von Mitgliedern der Gebetsvereine. Darunter war auch das Schreiben von Waltraut Puzich, die ihm Dokumente zur Verfügung stellte: über das Martyrium ihres Schwiegervaters **Ferdinand Puzich**. Krikowski, der die Familie Puzich aus seiner Kindheit noch kannte, berichtete idea von seinen Recherchen.

Gebetsverein im Widerstand

Ostpreußen zu Beginn der dreißiger Jahre: Hier lebt der Postschaffner Ferdinand Puzich. Er gehört zum „Ostpreußischen Gebetsverein" innerhalb der evangelischen Landeskirche, einer pietistischen Gruppe, die knapp 50 Jahre zuvor entstanden ist. Anfang 1933 kommen in Deutschland die

Nationalsozialisten an die Macht. In der evangelischen Kirche formieren sich einige Zeit später ihre Anhänger, die „Deutschen Christen“, aber auch der Widerstand in der „Bekennenden Kirche“. Ein Großteil der „Ostpreußischen Gebetsvereine“ schließt sich der Bekennenden Kirche an.

Ein Postschaffner war mutiger als viele Pfarrer

Puzich widersteht ebenfalls. Für den Postschaffner ist es undenkbar, den geforderten Beamteneid auf Hitler abzulegen. Deshalb lässt sich der 44-jährige aufgrund einer früheren Kriegsdienstbeschädigung in den Ruhestand versetzen. Zum Vergleich: 1938 leisten 15.000 von 20.000 evangelischen Pfarrern im Reichsgebiet freiwillig den Eid auf Hitler. Puzich ist übrigens zu diesem Zeitpunkt – so berichtet seine Frau später – „körperlich wieder völlig gesund“ gewesen. Doch der Pietist geht noch weiter: Er lehnt den „Heil-Hitler-Gruß“ ab, weil er glaubt, dass „außer in Christo, in keinem Menschen das Heil zu finden ist“ – wie ein Freund später berichtet. Er beteiligt sich nicht an nationalsozialistischen Versammlungen, lehnt Spenden und Sammlungen für die Partei und ihre Organisationen ab. Damit ist er zwar mutig, aber im Kreis seiner Mitchristen keine Ausnahme. Denn die

Lyck in Ostpreussen

Gebetsvereine gehen noch weiter als die Bekennende Kirche und kritisieren auch die beginnende Judenverfolgung. Der Gebetsverein im ostpreußischen Lyck, dem Wohnort der Familie Puzich, protestiert sogar mit einem Flugblatt gegen die Deutschen Christen.

Ferdinand Puzich wird vom Nachbarn verraten

Johannes Krikowski – früher Bezirksbeauftragter für den Religionsunterricht an den berufsbildenden Schulen – kann sich noch an Ferdinand und Wilhelmine Puzich erinnern. Er stammt ebenfalls aus Lyck, sein Vater war auch bei der Post und gehörte auch zum Gebetsverein. Noch heute ist der pensionierte Religionslehrer von der „Größe und Güte" des mit seinen Eltern befreundeten Ehepaares beeindruckt: *„Ich hatte sie lieb, nicht nur weil ich ihren Obstgarten plündern durfte."*

Der Vater von Krikowski lehnt ebenfalls den Eid auf Hitler ab. Die Folge: Der Beamte wird nicht weiter befördert. Puzichs Widerstand hat jedoch schlimmere Konsequenzen, denn er wird von einem Wohnungsnachbarn bei der NSDAP denunziert. Am 24. Mai 1941 verhaftet ihn die Gestapo. Puzichs Rechtschaffenheit wird ihm zum Verhängnis: Da die Justiz ihm keine strafbare Handlung nachweisen kann, kommt er ins KZ Sachsenhausen in Oranienburg.

Eheleute Wilhelmine und Ferdinand Puzich

Der kleine Johannes Krikowski ist erschüttert, als er bei einem Besuch nach der Verhaftung Wilhelmine Puzich wiedersieht: „Ich habe sie fast nicht wiedererkannt. Meine

Mutter hat versucht, die inzwischen schwer herzkranke Frau zu trösten, so gut sie konnte." Auch die Ehefrau wird diskriminiert: Ihr Haus wird durchsucht, es wird von ihr verlangt, für die Partei zu spenden – was sie allerdings verweigert. Ihren Glauben verlieren beide Eheleute darüber nicht. In einem Brief kurz nach seiner Verhaftung schreibt Puzich an seine Frau: „Wer Jesus zum Freund hat, dem geht es stets und überall gut."

Nicht mehr ganz so optimistisch klingt Puzich in einem Brief aus dem KZ: „Die Güte des Herrn ist es, dass wir nicht gar aus sind, doch wird wohl auch mein Lauf bald vollendet sein." Puzich behält Recht, sechs Wochen nach diesem letzten Brief bekommt Wilhelmine Puzich die Sterbeurkunde zugestellt. Ihr Mann sei an einer „Kreislaufschwäche" gestorben. Zeitzeugen, die Wilhelmine Puzich bei ihrer Flucht nach Westen Jahre später trifft, berichten etwas anderes. Ihr Mann wurde demnach fürchterlich geschlagen, grausam misshandelt, weil er den Hitlergruß beim täglichen Appell verweigerte. Das einzige, was ihm über die Lippen kam, war „Jesus hilf, Jesus hilf".

Auch Wilhelmine Puzich beweist in dieser schlimmen Zeit menschliche Größe. So schreibt sie an ihren einzigen Sohn, dass der Herr „uns und unsere Feinde segne, dass wir nicht Böses mit Bösem vergelten". Das bleiben für die Witwe keine leeren Worte: Ohne Weiteres hätte sie den ihr namentlich bekannten Denunzianten ihres Mannes – der ebenfalls in den Westen geflohen ist – nach dem Krieg anzeigen können. Sie hat es nicht getan. Krikowski: „Beide haben nicht dieses laue Christentum praktiziert, wie es heute vielfach in der Kirche üblich ist." Ferdinand und Wilhelmine Puzich werden 1953 von den Behörden der Bundesrepublik Deutschland als Verfolgte des Nationalsozialismus anerkannt. Frau Puzich stirbt 1982.

idea-spektrum 24/2001

HELMUT MATTHIES

TIEFER FRIEDE MITTEN IM DDR-KNAST

Ein Christ überlebt in kommunistischen KZs

Keine größere Gedenkstätte erinnert an diese Menschen, die in völliger Rechtlosigkeit ihr Leben lassen mussten, darunter zahlreiche Christen. Einer, der überlebte, ist der evangelische Journalist **Werner Pfeiffer**. Als 17-jähriger wurde er wegen angeblicher „antisowjetischer Propaganda" von den Sowjets verhaftet – völlig zu Unrecht. 10 Jahre Arbeits-Erziehungslager lautete das Urteil des sowjetischen Militärtribunals. Sein Weg ging durch die Gefängnisse und KZs in Cottbus, Sachsenhausen, Untermaßfeld, Brandenburg und Waldheim.

Er erlebte, wie Hunderte um ihn herum an Hunger, Verzweiflung oder Krankheit starben. Auch dem jungen Pfeiffer wurde erklärt, dass er sterben müsse und deshalb nicht einmal eine halbe Aspirintablette für ihn, den schwer TBC-Kranken, geopfert werden sollte. Pfeiffer schildert offen seine geistlichen Empfindungen:

„Mein Konfirmationsspruch *‚Ist jemand in Christo, so ist er* *eine neue Kreatur*‘ schien mir angesichts unserer Lage nichtssagend. Und was sollte uns die Botschaft sagen, dass Christus für unsere Sünden am Kreuz gestorben war, wo wir doch selbst verzweifelt ums Überleben kämpften?“

Gegen Ende seines Buches („*Abgeholt – Chronik einer geraubten Jugend*“ ISBN 3-00-006814-7) findet sich dann aber eine der rührendsten Bekehrungsgeschichten, die ich je gelesen habe. Deshalb sei sie wörtlich zitiert:

„Es geschah an einem Abend im September 1953. Beim Nachgrübeln wurde ich so von meinen trüben Zukunftsgedanken überwältigt, dass sich alles in mir zusammenkrampfte. Ich konnte das lange zurückgehaltene Schluchzen nicht länger unterdrücken.

Schließlich, nach langer Zeit zum ersten Mal, faltete ich die Hände und begann zu beten. Ich weiß nicht mehr, welche Worte mir damals in den Sinn kamen. Ich wusste nur das eine: Wenn Gott mir jetzt nicht half, dann konnte ich nicht mehr weiter. Dann wünschte ich mir nichts weiter, als einzuschlafen und am nächsten Morgen nicht mehr aufzuwachen. Was dann geschah, daran werde ich mich mein Leben lang erinnern. Auf einmal fühlte ich, wie tiefer Friede in meine aufgewühlte Seele einkehrte. Es war, als hätte mir eine freundliche Stimme gesagt: ‚*Die Zeit deiner Leiden ist vorbei. Bei der nächsten Entlassungsaktion kommst du frei.*‘ …

Ich hatte das Gefühl, nein die Gewissheit, dass nun alles gut werden würde, dass ‚die Zeit erfüllt‘ war …

Die kommenden Monate ertrug ich auf einmal mit fast heiterer Gelassenheit. Denn das sichere Gefühl, bei Gott gut aufgehoben zu sein, hat mich seitdem niemals verlassen. Ich habe auch seit jener Nacht nie mehr mit Gott gehadert, auch dann nicht, wenn ich seine Entscheidung zunächst nicht verstanden habe.“

idea-spektrum 47/2001 vom 21. November

„Geachtet wie die Schlachtschafe"

US-Missionare als letztes Faustpfand von Islamisten auf den Philippinen

Auf den Philippinen halten die militant-islamischen Extremisten der Gruppe *Abu Sayyaf* (Schwert des Herrn) das amerikanische Missionarsehepaar **Gracia und Martin Burnham** als letztes Faustpfand in ihrer Gewalt.

Die Kämpfer, die mit Osama Bin Ladens Terrornetz *El Kaida* in Verbindung stehen, entließen am 15. November, kurz vor dem islamischen Fastenmonat Ramadan, sieben ihrer zehn

Martin und Gracia Burnham

Geiseln auf der südphilippinischen Insel Basilan. Unter den Freigelassenen waren jedoch nicht die Missionare. Sie sind zusammen mit einem Filipino seit fast einem halben Jahr in der Hand ihrer Geiselnehmer.

Die *Abu Sayyaf* hatten Ende Mai in einem Ferienort auf der Insel Palawan die Burnhams, den Amerikaner Guillermo Sobero sowie 17 Filipinos in ihre Gewalt gebracht. Einige wurden später freigelassen, andere geköpft, darunter auch Sobero.

Das philippinische Militär zieht jedoch in den letzten Wochen die Schlinge um die Abu Sayyaf immer enger. Am 10. November 2001 wurden nach einem Bericht der „Arab Times“ (Kuwait) zwei Anführer verhaftet; zehn weitere Rebellen ergaben sich den Regierungstruppen. Der zuständige Kommandant der philippinischen Streitkräfte General Roy Cimatu, befehlige derzeit 7.000 Soldaten, die den Urwald auf der Insel Basilan nach den Geiselnehmern durchkämmen. Er kündigte eine Befreiungsaktion an, sobald man Sichtkontakt mit der Gruppe habe, berichtet der Informationsdienst „Assist“.

Brigadegeneral Edilberto Adan sagte, er sei guter Hoffnung, dass die Burnhams eine „weiße Weihnacht“ in ihrer Heimat erleben könnten. Ende Oktober hatte die amerikanische Regierung 30 Militärberater auf die Philippinen entsandt. Die Rebellen kämpfen für einen islamischen Staat im Süden der Philippinen, dem aufgrund der spanischen Kolonialisierung einzigen christlich geprägten Land in Asien. Etwa 83 Prozent der 73,5 Millionen Filipinos sind katholisch, 7 Prozent protestantisch und 4,6 Prozent islamisch. Der Rest gehört kleineren religiösen Gruppierungen an.

Weitere Informationen über verfolgte Christen erhält man z. B. durch die Organisation OFFENE GRENZEN.

Besuchen Sie die Homepage unter: **www.offenegrenzen.de**

OFFENE GRENZEN
DEUTSCHLAND

Postfach 2010
D - 38718 Seesen
Tel. 05384 - 907003
Fax 05384 - 90978
E-Mail: info@
offenegrenzen.de

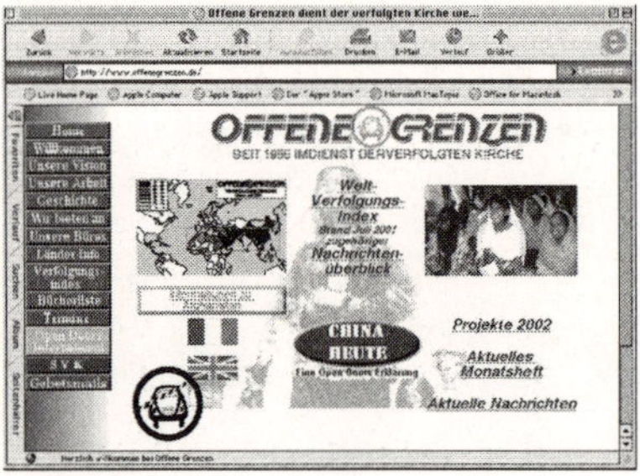

Buchempfehlung

idea-Dokumentation 14/2001

HRSG. MAX KLINGBERG /
THOMAS SCHIRRMACHER

Märtyer 2001

**Christenverfolgung –
vor allem in islamischen Ländern**

Taschenbuch, € 7,-

Erhältlich bei: idea e.V. • Postfach 1820 • 35528 Wetzlar
06441 - 915122 • Fax: 06441 - 915148 oder idea@idea.de

Buchempfehlung

JAN PIT

Jeden Tag geborgen

366 Andachten verfolgter Christen

Gebunden, € 10,50
ISBN 3-7751-3203-1

Dies ist ein einzigartiges Andachtsbuch. Autoren aus vielen verschiedenen Teilen der Welt haben daran gearbeitet, zum Teil unter großem Risiko. Sie wissen alle, was es heißt, um Christi Willen zu leiden. Viele von ihnen wurden wegen ihres Glaubens verfolgt oder kamen ins Gefängnis. Entstanden ist aber kein trauriges Andachtsbuch. Im Gegenteil: Es strahlt vor Freude!

Die Autoren sprechen nicht von ihren Leiden, sondern von ihrem Gott und Retter. Sie geben uns eine Ahnung, wie Gott ist, wenn das Leben wirklich schwer wird. Ein Gott, auf den man sich bis in die tiefsten Tiefen verlassen kann.

Die 366 Andachten sind eine tägliche Begleitung und Stärkung – aus ihnen spricht eine Liebe, die ansteckend wirkt.

– LESEPROBE UMSEITIG –

Leseprobe aus

„Jeden Tag geborgen“

9. Januar
„Denn mein Joch ist sanft, und meine Last ist leicht.“ Mt 11,30

IRINA RATUSHINSKAYA

Diese Worte sind eigenartig. Was ist sanft und was ist leicht? Sogar die Entscheidung, so handeln zu wollen, ist schwer zu treffen. Haben wir uns jedoch entschieden, merken wir, dass es leicht ist. Ich machte diese Erfahrung in einem Lager mit politischen Gefangenen. Das Leben, das die Gefängniswärter für uns arrangierten, schien ein finsterer Alptraum zu sein. Durch die geistliche Haltung meiner Freunde und mir veränderte sich dieser Alptraum jedoch völlig.

Warum? Weil wir ein erstaunliches Gefühl des Schutzes um uns herum hatten. Und eine Überzeugung, dass alle bösen Absichten der Wärter uns nur näher zum himmlischen Königreich führen würden. Geschlagen durch Kälte und Hunger? Vom Tod bedroht? Dienen wir nicht dem Herrn?

Die Angst vor Leiden verliert jegliche Macht, wenn wir diesen Dienst ergreifen. Die unvermeidliche Traurigkeit kratzt nur an der Außenseite der Seele, kann jedoch nie in sie hineindringen. Dort drinnen ist nur Licht und Freude und Friede. Und dort schöpfen wir neue Kraft. Und jedes Mal, wenn Sie erstaunt sind, erinnern Sie sich: Christus hat versprochen, dass es leicht ist.

IRINA RATUSHINSKAYA aus Russland war während sieben Jahren in einem Arbeitslager gefangen. Sie erzählt ihre bewegende Geschichte im Buch „GREY IS THE COLOUR OF HOPE“ (Grau ist die Farbe der Hoffnung), Sceptre Books, 1989.

Buchempfehlungen

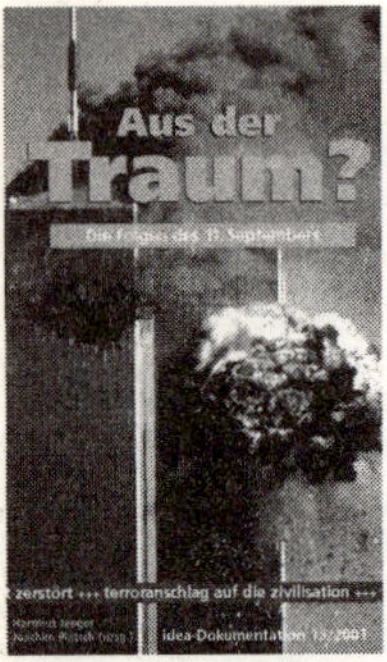

H. JAEGER/J. PLETSCH
Aus der Traum?
Die Folgen des 11. Septembers
idea-Dokumentation

TB, € 2,50
ISBN 3-69436-330-4

Nach dem Terroranschlag auf das World Trade Center in New York „wird nichts mehr so sein, wie es einmal war". Ist der Traum vom gesicherten Leben jenseits von Krieg und Gewalt ausgeträumt? Die Suche nach einem Halt wird angesichts der Bedrohung wieder wichtig.

BENEDIKT PETERS
Der 11. September,
der Islam und das Christentum

TB, € 1,90
ISBN 3-89397-476-8

Aus dem Inhalt: Der 11. September hat die Welt verändert • Der Islam im Licht der Bibel • Was sagt der Koran über Jesus? • Was sagt der Koran über die Bibel? • Unterschiede zwischen der Ethik des Koran und der des Neuen Testaments • Der real existierende Islam • Das Sicherheitsbedürfnis des Menschen •